风雨过后彩云飞

宦洪云————

著

江苏凤凰文艺出版社

图书在版编目(CIP)数据

风雨过后彩云飞/宦洪云著. —南京:江苏凤凰文艺出版社,2022.11
ISBN 978-7-5594-7247-2

Ⅰ.①风… Ⅱ.①宦… Ⅲ.①散文集-中国-当代 Ⅳ.①I267

中国版本图书馆 CIP 数据核字(2022)第 203247 号

风雨过后彩云飞

宦洪云 著

责任编辑	梁雪波
装帧设计	王 灿
责任印制	刘 巍
出版发行	江苏凤凰文艺出版社
	南京市中央路 165 号,邮编:210009
网　址	http://www.jswenyi.com
印　刷	南京新洲印刷有限公司
开　本	787 毫米 × 1092 毫米　1/32
印　张	7.75
字　数	85 千字
版　次	2022 年 11 月第 1 版
印　次	2022 年 11 月第 1 次印刷
书　号	ISBN 978-7-5594-7247-2
定　价	78.00 元

江苏凤凰文艺版图书凡印刷、装订错误,可向出版社调换,联系电话 025-83280257

目录

童心苦作甜

我们先前 /03

美食启蒙 /15

秋香姐抱病染花袄 /20

烟花三月 /26

后街风情

枪挑"小霸王" /33

黄泥岗事发 /39

王妈妈照应武大郎 /43

庆十月,哥俩抬石头 /48

堂侄报恩快活林 /53

习成文武艺

小试牛刀 /61

阔绰的小"插子" /66

摆酒惊四邻 /72

跑　　街 /77

练就一支"秃笔" /82

逍遥游

楼小乾坤大 /93

系马高楼垂柳边 /98

笑入胡姬酒肆中 /103

自将磨洗认前朝 /109

芳园筑向帝城西 /116

月是故乡明 /122

金兰花开

风雪关帝庙 /131

常山赵子龙 /138

龙王请来金陵王 /145

病榻前巧结兄弟 /151

谁爱风流高格调

汉江岸晚逢仙女 /161

敢将十指夸针巧 /169

霜叶红于二月花 /178

不如怜取眼前人 /187

风雨过后彩云飞

莫笑农家腊酒浑 /199

思娘亲，礼佛观音楼 /206

杨海龙教使钩镰枪 /213

胡庸医乱用虎狼药 /220

可以调素琴，阅金经 /227

今朝放荡思无涯 /236

童心苦作甜

我们先前

少时爱读鲁迅的小说。不过那会儿可读的书，就像孔乙己的茴香豆，"多乎哉？不多也！"，也只有他老人家的《呐喊》《彷徨》等集子，强悍地占据着书店、报亭和课本。不过我最喜欢他笔下人物阿Q的名言：我们先前——比你阔的多啦！

先前呢？当北伐大军的炮火在江淮大地隆隆四起时，扬州江都乡间一个二十岁的穷小子，丢下形容枯槁的父亲和食不果腹的幼小弟妹，溜进了时称"冒险家乐园"的上海滩，干起了拉板车、扒轮胎、修汽车等五花八门的营生。爱拼才会赢，当年轮的光束投射到上世纪四十年代南京最繁华的地段中山路时，人们意外地发现，小有规模的两家"森"字号汽车行朱漆招牌赫然在目。对，华森行的大老板，就是二十年前江都乡下的穷小子，俺大伯；森泰行的掌门是他胞弟，俺爸，人称二老板。那位"形容枯槁"的老爷子（我祖父）已头戴瓜皮帽，手柱花梨木拐杖，活脱脱一副老地主模样——此言不虚，两个儿子已替他们的老爹在老家丁沟平桥购置了数十亩良田，留下俺姑妈、姑父打理呢。

"看看现在办厂子的多安稳！"晚年父亲常唠叨，掩饰不住对改革开放催生的一拨子民营企业老板的

我们先前

羡慕。

"哈哈,您老还忆苦思甜来了?"我打趣道,"你们那顶小资本家的帽子,可让我们没少吃苦头。"真的,想起上世纪六七十年代万事看出身那当儿,我就头大,那时常异想天开:1907年出生的大伯,咋不去读个黄埔军校、参加个南昌起义?

"我们那会儿跑生意不易哦,"老爸还在一唱三叹,"兵荒马乱,整天提心吊胆……"

我猜想他定然又在回忆"二森"运营时的那些陈芝麻烂谷子的事了。1949年南京解放前夕,国民党一些空军军官为中饱私囊,暗地里把航空汽油倒卖给汽运商家。俺大伯看价格不贵,航空油品质又

风雨过后彩云飞

顶呱呱的,忍不住也囤了一些。岂料国军搞"反腐败",不独抓了几个"自己人",连带把大伯也"逮"进了瞻园路的宪兵司令部,吓得俺大妈妈(伯母)连夜敲响了我家门。

"小爷(扬州话小叔的意思,习惯跟孩子叫),你快想法子啊!"大妈妈一把眼泪、一把鼻涕地不住抽泣。

乡间小书童出生的俺爸只会本分地跑运输,跟军政界根本搭不上边儿,如何是好?他抓了抓头皮,想起一个人来:老陈!我们打小就喊他陈伯伯,他女儿还是我小学到高中的同学。这陈伯伯毕业于黄埔十七期,抗战胜利后转业从商,跟俺爸一向交好。经他联络,父亲终于见到了办理此案的官儿。

我们先前

"你兄长这事嘛，能大能小，"穿着簇新的毕叽呢翻领军服的"稽查官"拿腔拿调，"说小吧，买家或许不知道这航空油是赃物；说大吧，买卖违禁军用物资，可不是闹着玩的！上峰怪罪下来，谁敢担当？"

森泰行老板听出了弦外之音，急急赶回家，跟俺伯母拿了若干根"大黄鱼"（金条），"一梭子"打下去，大伯当天就回家了，可这五十两黄金，要跑多少趟生意、劳多少神才能挣回啊？这事儿成了他们哥儿俩心头永久的痛。

到解放军渡江前几天，国民党的中央军更是把"遭殃军"的角色扮演得淋漓尽致。有天黄昏，一

风雨过后彩云飞

伙士兵在当官的带领下冲进汽车行,嚷嚷着要征用车辆。大伯灵机一动,让内侄徐荣跳上一辆崭新的美国"大道奇",猛踩油门向金陵中学的方位疾驰而去,当兵的显然更想得到这部豪车,一边追赶,一边放枪,这位徐老表胆略过人,在尖啸的枪林弹雨中左拐右滑,愣是让"大道奇"躲过一劫。残兵们急于南逃,只得抢了几辆二手车了事。

俺家的一辆"五十铃"货车也在被抢之列,幸运的是也就个把星期的工夫,这个"五十铃"又平安回归了,原来解放军在京沪公路(沪宁路)拦截住这帮溃兵,弄清原委后,立马将工人和车辆放还。

这天晚上,大伯和俺爸着实喝了一夜的"龙井",抽了一宿的"白锡包",原已安排好让徐荣带着还

我们先前

在念高中的我堂长兄鸿钧,带点"硬头货"(黄金美钞),开"大道奇"到香港去闯闯,以为后手;但经过一整夜的审时度势,毅然中止了这项"南下"计划。至于鸿钧兄嘛,以后在江苏省21汽车队当司机,一生安全驾驶百万公里,在句容县城乡甚为"吃香"。

小时候,只要我的眼光在人家饭桌上稍微停留一下,俺娘"啪"地就是一巴掌:"别这么滥馋!"那时节,咱家孩子多,只有父亲一人工作,伙食自然不敌那些父母双职工、孩子又少的人家。但没啥文化的老娘却底气十足,用"自尊自重"的信念牢牢拴着我们六个孩子的心灵,久之,我们也无端变得自傲起来。这是有来头的。

风雨过后彩云飞

咱们现在讲究个实事求是,其实那会儿就奉行了。南京解放后,政府并没像苏联那样没收私营主的资产,而是把这些民族工商业者当作人民,称作"同志",那商家"同志们"自然照常经营,社会治安那是好了去了,这在周而复的小说《上海的早晨》中表现得很充分。俺娘说,那会儿除了挣钱,就是回报亲眷,把咱江都丁伙乡下的外公、姨妈、舅妈和众表姐全部接到南京来享清福,吃宴席、扯新衣、玩公园;她们也没闲着,帮衬带带比我大4到11岁不等的哥姐。俺外公孙如庆天生一张"喇叭嘴",回乡后逢人就吹"我姑娘家的日子嫌好不嫌丑啊!",引得华家庄、李高桥一带的众乡亲羡慕不已。

那是一种什么样的生活呢?俺娘说:"大娃(我二哥)每天不是六华春的早点,就不肯吃饭!"俺

我们先前

爸更是从来不屑于家里的正餐，尽管都是清蒸狮子头、红焖猪蹄、叉烧鳜鱼等淮扬风格大菜。他更喜欢光顾中华楼、同庆楼、老广东、大三元、邵复兴等名楼酒家，自斟自饮，仿佛那里就是他的饭铺。

消停地做了四五年生意，开始公私合营，成立"联营处"，地址就设在俺家所在的中山路139号-1，父亲任资方经理——这个"经理"非同小可，是政府（抑或军管会）任命的哩。政治地位的骤升，让一向着装随意的父亲也西装笔挺，打上了领带——这不是要经常参加工商业座谈会嘛！估摸着经理当了两三年，政府赎买资方股份，父亲、大伯分别变身为江苏省35汽车队和11汽车队的职工，毕竟是"人民"和"同志"，他俩也没受啥委屈，老爸仗着技术过硬，年年胸佩大红花，享受"先进工作者"的荣耀。大伯在车队仓库发发料，清闲着呢。

在我印象中，父辈们对解放后七八年间的光景，感觉好得是一塌糊涂，怎么说呢？哦哦，就像当代学者们常念叨的，宛如就是"活色生香的大宋朝"啊！唯一遗憾的是，俺爸没能看到俺大哥办厂子的鲜亮光景。那是本世纪初，当国企头儿的大哥参与"经营层收购"改制，在溧水洪蓝镇办了个公司，还买了无想山数十亩山地（使用权），可惜不叫"森泰"，叫"三乐"。

政府赎买股份，每季度发放一次定息。我小时候就常跟俺娘去汉中路（现金陵汽运公司）一座小楼里拿定息。拿定息，就是咱家"开洋荤"的代名词，父亲也会选择这个时候从六合回来公休几天。

与邻居家单一的红烧肉、排骨汤不同,俺爸会请一位曾在中华楼干过的贾宗宾师傅来家,让他用蛋清芡粉把肉糜包裹成一个个肉稞子,放锅里一烩,就是一海碗,嫩得邪门。黄鳝呢,也不是大路货的烧鳝段、炒鳝丝,而是用一个小木槌,把剖开的黄鳝连皮带骨轻轻敲扁、切块,再跟鸡蛋、肉块红焖,谓之"生敲",费时费料,邻居看得啧啧称奇。

如今的我算是彻底明白了,延长一件事情的时间和过程,就叫"文化",乖乖,俺爸妈那会儿就懂得美食文化?不简单!其实,母亲心里明镜儿似的:她在向平素比咱家伙食好的高邻们宣示"我们先前"呢!

风雨过后彩云飞

别说,"我们先前"真的很重要、很重要,小说《飘》里的卫希礼百无一用,可美女主人翁郝思嘉对他爱得不行,几近发疯。她毫不掩饰地嘲讽追求她的暴发户白船长:"你替他(卫希礼)拣鞋都不配!"所为何来?不就是卫先生有一段辉煌、高贵的"先前"?

我初入职场,在一家央企上班,看见同事往往头一低就侧身而过;同事们扎堆谈笑风生、高谈阔论时,我则侧目凝视远方或干脆捧一本晦涩难懂的《伦理学》《理想国》装样子在读。久之,同事私下议论,说我身上有股子"上等人"的气息。我听后自是得意,孰不知正是这种"做派"让我得罪了群众,以后在职场上一度混得艰难,当然这已经是后话了!

美食启蒙

拿定息、开洋荤，大多听俺娘说的，记忆并不清晰。我难忘的儿时美食，是俺二姐给带来的。我有两个姐姐。大姐生于丹桂飘香的季节，起名桂香。哪晓得九年后二姐又出生在农历八月，咋整？干脆唤作秋香。

大姐书读得好，轻松考上金陵中学，上大学自是如探囊取物，可弟妹多，为减轻家里负担，她考

风雨过后彩云飞

了南京机器制造学校（南京工程大学前身），当时也是很热门、很难考的。读中专的好处是不缴学费，还有伙食费。大姐还画得一手好画，"文革"初期学校停课，她待在家里没事就画画，花鸟鱼虫，栩栩如生，邻居们抢着要，尤其是那个爸妈在济南工作、叫大美丽的丫头，要的最多。倒不是咱们那个邻居圈有多少艺术氛围，只是传说有张田螺姑娘的老画儿，能趁主人不在家，从画中走下来生火做饭，像俺姐这样的好画儿，没准真能蹦下个活蹦乱跳的鱼虾来呢！可以想象，俺桂香姐的美术天分有多高！

秋香姐长得眉清目秀，鼻子上点缀着几粒细小雀斑，更显得清纯可人——那是遗传俺娘的。她比我大不到三岁，家里每顿饭后都是她洗碗。她会让

美食启蒙

我用勺子刮锅底,那时早晚两顿都吃稀的,煨稀饭后锅底会留下一层厚厚的米糊糊。俺娘不在时,她还会偷偷从腌菜缸里拔几根菜心,切碎了,浇上花生油(那会儿麻油是一等一的奢侈品,寻常人家难得一见),让我搭食。刮锅底吃在嘴里黏黏的,有年糕的浓稠咬劲,加上咸沾沾、脆生生的菜心香味,那个爽啊,快活似神仙!

"炮子子,又偷油吃了?"一次被俺娘发现,扬手一巴掌,"不知道花生油要等过年拌风菜啊?"

秋香姐疾速跑过来,用纤细的手臂护着我:"妈,是我倒的,我倒的!"

别说,俺妈很喜欢小女儿,不再追究了。

风雨过后彩云飞

记得姐姐还带我到她同学家吃过早饭,那同学住华侨路26号,是部队家属院子,自是人间天堂。吃的是雪菜炒肉丝,雪菜嫩绿嫩绿的,肉丝儿粗长粗长的,鲜汁浸得透透的,美味得无以言表。

儿时的乡下伙食,又是一番风味。"文革"中,在十一中读书的大哥、二哥忙串联,俺妈带着我和桂香姐、三哥到江都老家小住。在二舅母家,她烀了一锅用玉蜀黍、高粱米、小米、豌豆、山芋丁等杂粮熬成的粥,因其五颜六色,唤作"彩子粥"。小菜呢,是精盐拌豆腐渣,奶白色的豆渣就彩子粥喝,色香味齐全,我愣是拖了五、六碗;其时,俺不到十岁,小肚皮鼓得像皮球。数十年后的我,集省作协会员、部队上校、学术界副研究员、副教授、企业股级干部等虚名于一身,任怎么俭朴,冰箱里的鸡鸭鱼肉还是有的,可它们却再难挑逗起我儿时的味觉,呜呜!

秋香姐抱病染花袄

　　记得刚上麻家巷小学时，俺妈为了省钱，把二姐穿剩下的一件细花棉袄让我穿着过冬，外面罩一件绛色灯芯绒外套。一次学校开大会，我坐前几排，身后一个叫冷来富的同学恶作剧，轻轻掀开我后背外套，把我那鲜艳的花棉袄一览无余地展示在大伙面前。直到听见同学们的嘻笑声，我才反应过来，顿时满脸通红，恨不得地下有道缝儿钻进去。这还没完，因这袭大花袄，调皮的同学们常喊我："花姑娘！"

秋香姐抱病染花袄

"怎么还不去上学？"一天，俺妈诧异地问。

"不上啦！穿花棉袄被人笑死了。"我嘟着嘴，赖在床上执拗地说。

"暖和就行了，管那么多干吗？"俺妈实在，觉得不让子女挨饿受冻就行了。一旁因病假在家的二姐忙劝说道："就让他在家歇一天吧！"

当天，秋香姐去街上买了染料，用一口大而旧的钢筋锅，把我的花袄染成了深深的藏青色。我记得真切，当时十三岁的小姐姐一手搅动着染锅，另一只手捂着腹部，脸色惨白，额头上沁出汗珠。她肚子疼已好多天，去医院看过，那时医院正忙着搞运动，医生只是草草配了点药，总不见好。

风雨过后彩云飞

翌日，我昂然穿上藏青色棉袄去上学，体育课时，我拿出吃奶的劲跑步、跳远，整得满头大汗。

"热死了，热死了！"我故意拭着汗，对冷同学说着，脱下棉袄，麻溜地往他手上一塞，"帮忙拿一下！"暗自用余光扫视着他。果然，他里外翻弄着我的棉袄，惊奇地微张着嘴巴，呼呼喘着粗气。刹那间，我有种快意恩仇般的"杀渴"感。

不久，秋香姐住进了儿童医院，因误诊，她的阑尾炎已感染到多个器官，虽全力救治，但还是把她的生命定格在了1967年——记得我随母亲去医院看她时，大姐在陪护，秋香姐用含混不清的口齿跟俺妈说："你要熊他（批评、呵斥的意思）……"熊谁？我不太懂，但母亲却连连道："我一定熊他，熊他。"

这是我听到的小姐姐留在人世间最后的声音。如今细想，可能是让俺妈去"熊"误诊的医生，显然在她年少的心灵里，活着是那样的美好！（写到这，我又想哭了。）

秋香姐走后，母亲怕睹物伤心，不仅没有替她建坟，就连她的所有相片都烧掉了，只有她给过我的一张"万紫千红伟多利"糖纸，成了唯一的念想……多少多少年后，在南京师范学院"现代文学"课堂上，当袁玉琴老师讲到鲁迅先生"悲剧是将人生有价值的东西毁灭给人看"的名言时，没人发现，我在悄悄抹泪；当吟诵着陆游"零落成泥碾作尘，只有香如故"的词句时，没人介意，我已泪水滂沱。

秋香姐在麻家巷小学读三年级，品学兼优，是

风雨过后彩云飞

戴着三道"红杠杠"的少先队大队委。连同学朱德玲母亲看见她,都喜欢得不行,真是人见人爱。老师们自是赏识她。有位教数学兼体育课的周建东老师,因俺姐的关系,处处照应我。

有一次,我与嵇同学不知为啥个事情打起架来,他骂我家是"资本家",说解放前我家有好多汽车,这在当时是绝对"活丑"的事儿。周老师闻说后,立即把我们带到办公室,当着我的面斥责嵇同学:"那还有人说你家有飞机大炮呢,你怎么说?谁是谁非,是你们同学间的事,别乱扯家庭!"瞬间让我心头涌起一股暖流。

奇巧的是,今年年初的一次聚会,我碰到了鼓楼区一所小学的忻校长,她告诉我周建东老师和夫人孙丽谷老师都还健在,并把他的手机号给了我,我激动得说不出话来……

烟花三月

我三哥，打小由姨妈带着，姨妈溺爱得不行，盯着俺爸妈硬把他的户口由南京城迁到了江都老家的三周乡高车生产队，看来是铁着心要"养儿防老"来着，纵然她已有一子，大号闫德宏。显然她更喜爱俺小哥哥，有啥好吃的直往他兜里塞。可天有不测风云，上世纪六十年代初碰上了"三年困难时期"，乡下出现饥荒，连咱老姑父都生生饿死了。毕竟是自己身上掉下来的肉，爹娘决意把三哥的户口"搞上来"，城市户口怎么着都有定量粮供应啊！看着

烟花三月

周遭因饥饿"穿靴戴帽"(腿脸浮肿)的人越来越多，瞧瞧俺三哥面黄肌瘦的羸弱样儿，姨妈也不敢再固执了。

一个阳光明媚的四月天（阴历三月），俺爸亲自去领了当季度百十来块钱的定息——这百把块钱是啥概念？近日热播的电视剧《人世间》里，周秉昆安慰郑娟说："俺家不缺钱，咱爸在大三线工作，每月能挣五六十块呢！"懂了吧？

老爸托南京长途汽车站司机小曹买了十多条飞马香烟和整箱的洋河酒。这位曹师傅原是俺家森泰行的工人，公私合营后跟其他工友分流到南京、扬州、新海连（连云港）长途汽车站和在南京的省13、19汽车队工作，所以父亲行业人脉深厚，当天很随意地搭上到扬州的便车,"一脚"(扬州话直达的意思)就"摸"到了高车小队队长"大头四子"家。

"老姨夫家来了?我们望你呢!"四子队长热情招呼,他对省汽车队工作的俺爸有一种天然的敬意,当时有句顺口溜,概括了医生、军人、汽运和销售生鲜猪牛羊肉的四大热门行业,有道是"白衣战士红旗飘,四个轮子一把刀"。

父亲一落座,甩手就是两包"飞马",这玩意儿在乡下绝对是稀罕物,闫小队长眼睛笑细了,用粗黑的手捉了一把像碎树叶一样的茶叶末,给俺爸泡上茶水,两人就窃窃私语起来。大头四子是个大好人,很快拿出了方略,于是父亲由他一路陪同,拜会了西闫大队支书——支书老婆金紫芳跟俺姨妈也很投缘,平常"呱"的来。支书又陪俺爸跑了两趟公社。乡亲们真善良,也就天把两天的工夫,生产队、大队和公社三级证明全部"搞掂"。

回南京后到五台山派出所,经办人是户籍警魏同志,他瞅着三级证明,哑然一笑,很清楚这当儿把孩子弄回城意味着啥,于是一声不吭地把三哥的户口给安上了。

连续两个月,俺爸天天抽"飞马"、喝"洋河",你道为何?原来带下乡的烟酒大多被"打回票",又都给他带回来了,要不怎么说咱乡亲们善良呢?当时的我确乎太小,才三四岁,还搞不清小哥哥回城对我这个顽皮小子有甚意义,且听下回分解。

后街风情

枪挑"小霸王"

俺家住盔头巷,是一条与主干道中山路呈 T 字型的东西向街巷,从马路口向西百十米,又跟一条宽阔的南北街道高家酒馆垂直。这高家酒馆住户繁多,市井气息浓厚,菜铺、肉摊鳞次栉比。那肉铺的主任陈老二是一个干瘦的佬儿,人人巴结他,其权威基本跟现在的副市级干部平起平坐,只要他看见我们挤得乱哄哄的,马上就爆粗口:"再不排好队,老子就不卖了!我让你们弯过头来吃!"瞧瞧,简直骚得像个"地保"!

风雨过后彩云飞

我们把高家酒馆称作"后街",整日价在那玩"躲猫猫""打弹子"的游戏。一天,我正跟玉宝、文祥等小伙伴"斗鸡子"(盘起一条腿,用另一条腿蹦跳,跟他人相互碰撞)斗得来劲,冷不丁被人从后背顶了一下,一下子摔倒在地,膝盖也擦破了,定睛一看,是居委会干部的儿子,比我们个头高,常欺负人,我们私底下管他叫"小霸王"。

"你、你……你撞我干吗?"我哽咽着。

"哈哈哈,带我一块斗嘛!"他毫不介意,一副大大咧咧的豪强劲儿。看看玩伴们都面面相觑,不敢吱声,我受不了委屈,一骨碌爬起来,跑回家跟哥哥们哭诉。

枪挑"小霸王"

那当儿,俺二哥、三哥正在家里的巷档子搭建鸽窝,之前俺爸的老友、盱眙中学的余老师送来了一对良种信鸽。二哥忙得满脸油汗,正气急败坏,听了我的告状,不耐烦地吩咐三哥道:"去教训他一顿!"

三哥做了个"得令"的手势,顺手拎起我那树棍儿做的玩具"红缨枪",跑到后街,一手提溜起"小霸王"的衣领,另一只手握紧红缨枪棒对其屁股就是一阵捶打。"小霸王"毕竟年少,尚未发育成熟,像只被捉住的小鸡,躺在地上"嗷嗷"喊叫,三哥拿起"枪头"挑他的屁股,一边嚷嚷:"你还敢赖地?快起来!"

这地方离他家不远,很快引得他家大人赶到

风雨过后彩云飞

——好涵养！反而骂了儿子几句，就把"小霸王"拽回家了。这一"挑"打出了虎威，后街孩儿都知道有个替我出头的小哥哥，一时风光无限，提"黄毛"名号（三哥头发偏黄），孩儿不敢夜啼。这里还要唠叨几句，那年代居委会不比现在的社区，贼强势，什么"找工作、报户口、开证明、管治保、接受单位的内查外调"，全由它说了算，权力大的邪乎。兴许是得罪了"小霸王"的原故，之后留下了一桩我至今也不明就里的"悬案"。

上世纪八十年代初，市里许多地方招考法律顾问，报考的人那是相当地多。一晃十多天过去，我赶往北城门，看张榜公布的成绩排名，哇，大喜过望，分数最高的是小向同志，我排第二，后面几百个名字，我也懒得看啰，急急地回家报喜。当天，老娘枪挑"小霸王"

做了一蓝边碗抿烂的千张结炖肉犒劳，这是她的拿手菜，除非俺爸回来，平常难得一见。

当时没有面试一说，先体检、后政审。有天买菜，我同学她妈、居民小组张组长一把抓住俺妈手臂，神秘兮兮地说："你家老巴子（对排行最小的称呼）要当法律顾问了？"

"还、还不知道到底怎么样呢？"俺妈想起多年前三次外调，我二哥最终也没能在部队提干，有点后怕，心犯嘀咕："老二没当成军官，老小就能当上顾问了？"不过张组长提供了一个准确信息：公司来人政审了！

只可惜，母亲的直觉再次灵验，其他人咋样我

风雨过后彩云飞

不清楚,反正第一名小向和我这个"榜眼"最终都没被录用。如果说自己表现欠佳,"少时为乡里所患"?似乎也说不通,其时我在国企已是团干部,是地市级"新长征突击手"。那,有没有可能是居委会反映了父辈们解放前一些复杂的社会关系?不得而知……不过,"一甲出身"的我们还是小有基础的,也就几年的工夫,我跟小向就在北京东路的一家大公司邂逅了。更有趣的是,新世纪后又一轮公司改革启动,拟将咱们两个小企业合并,我们原在各自公司的同一个部门任职,合并后是他留任、我调整离开?抑或是我留任,他……呵,没等到"抑或",他已然提拔到统计集团当领导,上一个台阶为人民服务去了。

黄泥岗事发

小时没有电视电脑，没有动漫动画，打玻璃球（弹子）、飘"洋画"成了我们的主打项目。不是说了吗？那会儿咱家孩子多，俺爸一人工作，家境还是窘迫的，玩的弹子多为疤痕累累的二手货，甚至是茶壶钮磨磨圆就上阵了，小伙伴都不待见我，我常自个儿玩"南京到上海"：放几枚弹子在墙边，离墙一米开外瞄准儿弹射，如打中的弹子够力度，它会反弹到我手边，这就赢了。看着人家崭新的、内含五星或月牙儿或花瓣儿的五颜六色的弹子，我心里痒痒地，不住跟二哥、三哥嚷嚷，时间一久，他俩也憋不住了。

"放心，明儿个就送你一把新弹子！"一个周六的晚上，喝过两大碗稀饭的二哥，擦了把嘴唇上的饭渍，对我许下诺言，并神秘地跟三哥交换了一下眼神。

"真的呀？"我一蹦老高，头把悬在屋檐下的一篮子梅干菜给顶翻了。

其时，二哥已上初中，三哥上六年级。第二天一大早，他俩匆匆就出门了，傍晚时分，果然从摊贩市场（现金陵饭店所在地）捧回一把花花绿绿的玻璃弹子，一数，足有十多枚。当晚，我就约玩伴们在后街昏暗的路灯下玩了起来，大家伙都是一片惊羡的眼神。

又是一个黄昏，我在后街"皮"完刚回家，就听老妈左一个"炮子子"、右一个"童子痨"地骂骂咧咧，三哥跪在地板上，二哥也耷拉个脑袋垂立一旁。原来,礼拜天那天,哥俩个跑去帮拉货的板车、三轮车推车了，从珠江路口沿黄泥岗坡道推到鼓楼广场，每回能得一毛多钱。也不知他们那天推了多少趟，反正是被后街的本家嫂子看到了，告诉了脾气急躁的母亲，俺妈觉得这太失咱家面子了，于是大加责罚。

也许对这一幕感触太深，我儿子文伟出生还没满月，我就跑到新街口百货商店买了一盒琳琅满目

风雨过后彩云飞

的玻璃球玩具棋,是在补偿我匮乏的童年,还是向下一代展示咱家的富足?可能是,可能都不是,反正这"熊孩子"从来就没碰过这盒弹子,稍懂事就捧起了日本"任天堂"游戏机玩"古大陆物语"呢!不过,今时今日,每逢年节,我必去已年逾古稀的二哥、三哥家拜访,兄弟家不也讲究个知恩图报嘛。

王妈妈照应武大郎

住后街的全是工薪一族，月底手头吃紧时，会相互"搓"（借）个十块、八块的用用，用后街的土话说叫"互相照应"，这是点对点的借钱，也是过日子司空见惯的。但每逢哪家有大事要办，这种法子就行不通了，因为几乎没一家有财力可借大钱，咋整？街坊们也有办法，凑个"会子"呗，雅称"互助会"。急需用钱的人家为发起人，比方说，凑个十户左右，每家每月出十块，这百元巨款首先给发起人家用——集中财力办大事嘛！其余人家通过抽签,确定轮流用集资的顺序,一个轮回下来,"会子"便结束了。凑"会子"解决了许多人家儿女婚嫁、老人祝寿,乃至孩子工作、当兵办酒席庆祝的大事儿,说当时的后街是"金融一条街",并不为过。

俺家大哥神气,1968年带着二哥到苏北洪泽县插队仅一年,就分别上调国营机械厂和参军,到了七十年代中期,连同三哥也都到了成家的年龄。

"得给他们打家具了!"听说三哥都在厂子里有对象了,父亲坐不住,特为从六合赶回来,跟俺妈商量,"这两天车队有车子跑江西,木料很便宜,可一时哪能掏出三套家具的钱啊?"老爸原本就有点儿谢顶,这当儿更是"无边落木萧萧下"般的掉头发。

王妈妈照应武大郎

"儿老子呀,他们都有工作,可就没见往家里交钱!"老妈线性思维、感性脾气,首先想到儿子们抽烟喝酒没积蓄。

"老王家两个儿子都娶媳妇啦!"父亲没搭母亲的茬,自言自语道。老王叫王前元,是他的要好同事,开零担车,住大纱帽巷。显然,老爸还考虑"面子"因素。

看俺爸着急,母亲也不发牢骚了,说:"凑会子吧!"她列举了后街好几户相处好的人家,"她们是回不过我这个老面子的!"于是,事儿就这么妥妥地给办了,三套水曲柳家具当年就交兄长们次第使用了。在我印象中,邻里凑"会子"只有一回出过"资金链"断了的差池。

后街有个姓武的单身汉,三十多了,个头不高,俺们私下叫他"武大郎"。后来好不容易谈个对象,一时又筹集不到钱结婚,这时,王妈妈出场了。

"小武子,不如凑个会子吧,我帮你张罗。"王妈妈家里孩子多,家境困难,一直是凑"会子"的骨干,人也热心。

"那太好啦!"小武子感动地连连作揖。

"武新郎"成功洞房花烛,"会子"钱月月收齐,轮番使用,可王妈妈使用后还有两个下家,她却因农村老家有急事用钱而无法交纳每月的"会子"钱,两户下家自然找发起人"武大郎"索要,把个老武——成家立业后得称"老武"——急得像热锅

王妈妈照应武大郎

上的蚂蚁，只得四处告贷让"会子"运转下去。一时，坊间说王妈妈"做空子"、给人当上的闲言碎语也多了起来。其实隔年王妈妈就把"武大郎"垫付的两个月"会子"钱给还了，不过这事儿给后街"金融业"打击还是蛮大的，约有年把两年没人敢凑"会子"。

想想现如今真好，银行巴不得你去个贷，啧啧！

庆十月，哥俩抬石头

我高中毕业那年，记得真切，十月六号发生了一桩大事儿：中共中央粉碎"四人帮"，十年"文革"结束。消息公布稍迟，我却能从周遭人群神秘而窃喜的神情中感受到一股清新的气象。

"泰山的炮仗已经卖完，白酒脱销了！"广播正式报道那天，门口晒图社的谢师傅兴高采烈地嚷嚷，按现在的话说，有点"煽情"。泰山烟酒杂货店在中山路上，离俺家百步之遥，是我们平时采买和接打公用电话的所在。

"今晚喝两盅,庆祝一下呀?"堂哥鸿贵也喜上眉梢,提议道。

他是俺大伯的小儿子,家住后街,在与"泰山"一巷之隔的飞跃皮件修理服务社上班,尤其精于手工制作皮鞋。在那"一年新二年旧,丁丁挂挂三年修"的岁月里,鸿贵兄可是家族里不可或缺的实惠型人才,每逢换季,我都"挨摆着"(南京话,肯定的意思)拎一大箩筐破损的布鞋球鞋凉鞋拖鞋去修。

这当儿,堂哥坐在小矮凳上,照例用切割皮革的小刀在头皮上优雅地刮这么一下,对踩缝纫机的大姐嘻嘻一笑:"刁参谋长的堂弟——",这是京剧《沙家浜》里的经典台词。我们那会儿，不大有板有眼地讲话，往往一句台词，意思全在里头。女师傅悟性甚高，热情地接过箩筐，"嗒嗒嗒"起来。在我印象中，他们从来就没收过我的钱，蛮爽的，别说，"小市民情怀"离幸福感还最近哩。

"喝酒，吃什么菜呢？"我抓抓头皮，"要不雪菜滚豆腐？"没有肉，豆腐凑嘛。

"用不着！"堂哥胸有成竹。他告诉我，新街口"三六九"菜馆的大师傅刚刚在他手上定制了一双牛皮鞋，非常满意，一再热情地约他去就餐，他说不如今晚就去打个"全家福"（杂烩）搭酒。这道大菜售价一块钱，我和堂哥"抬石头"，各出五毛，就像如今的"AA制"。我跑去跟俺妈要，一向节俭的母亲这次破例慷慨，一甩手就是一张紫红色五角纸票，你道为何？原来当月全国不分大厂小厂，无论国营集体抑或街道厂子的职工，都发了十元钱，俺妈其时已在街道五金厂工作多年，享受到了这份待遇，这可是十年来破天荒头一回发奖金啊！

向晚，我拿着堂哥的小纸条，捧个大砂锅，跑到"三六九"找师傅打菜,乖乖隆地咚,砂锅堆得"摸摸的"（满满的），里面肉丝、皮肚、鱼酥、小肉圆子、鸽子蛋、香菇、菜胆应有尽有。到堂哥家一看，他还搞了个蔬菜：把大青菜的菜帮，切成细丝丝，用盐"码"一下，拧干水分，红辣椒一炒，重口味。

也不知他从哪位仁兄处"匀"了半斤乙种白酒，哥俩就在天井里置张小桌喝开了，微醺中还跟着电

风雨过后彩云飞

台哼起了新歌:"受过严寒的人们,最喜爱三月的阳春……"记得是张振富、耿莲凤的二重唱。当时,坐井观天的咱哥俩,怎么也想象不到这一年的十月对我们每个人的命运和国家的未来产生那么深远的影响!

堂侄报恩快活林

春日的一天,我正在企业调研,接到交警一中队民警电话,说俺爸坐公交车摔倒了,腰背骨伤。我急急赶往市中医院,不久,几个兄长都到了。

"跌打损伤一百天,医生说要住一阵子呢!我早上送饭来,白天照应还行,晚上谁照顾老头啊?"俺妈给俺爸喂着开水,犯愁道。

看着父亲痛苦地躺在病榻上,哥几个面面相觑,难哪！三十年前的医院，远不像现在护理机制完备，老人生病全靠亲属照顾。当时，大哥在南京电子管厂分厂里当头头，常吃住在厂子里，寻常难得一见；二哥是省水利科研所高工，整日价"水城"之间来回出差，据说第二天就要赶往淮阴三河闸管理所；三哥呢？工作在东郊龙潭的江南厂，远着呢！看来服侍老爸的重任要"历史地"落在我的肩头了。可那段时间，手头有个公司领导交办的重磅调研课题，已然忙乎得灰头土脸。再说，年轻人不都想卖力工作，奔个前程嘛？正在这时，BP机响了，堂侄呼来的，约当晚餐叙。

堂侄是俺大伯的嫡长孙，就是前面提到的鸿钧兄的独子，因跟我年龄相仿，在一块厮混的时间最长，甚至插队也在一个乡下。上世纪八十年代初，

堂侄报恩快活林

堂侄从农村上来，读了个中专，分在水西门南湖附近的化工厂工作。

俺爸喜爱这个侄孙。之前，他们家租住管家桥一座老式楼阁，一家六口自是局促，俺爸于心不忍，以长辈之尊，助力他回到高家酒馆伯父留下的老宅居住，后来拆迁，又都在福建路中南园分得套房，堂侄自是心存感激。这不是孤案，九十年代初，化工业渐露颓势，老爸就盯着我托朋友德跃，帮他调到城北一家效益红火的大型国企去了。

这天晚上，南湖广场"快活林"酒家，堂侄订了一副宽敞明亮的座头，桌上放着一大盘七家湾干切熟牛肉，一大碟升州路魏洪兴鸭子，还有将军山竹笋炖肉、红烧秦淮河大鲤鱼（那会儿水质挺好

风雨过后彩云飞

的)、水泊江心洲醉虾,以及(江东门菜农刚采割的)韭菜炒千张、小菜秧氽肉圆等数道热菜,几只粗瓷蓝边碗已倒满香气四溢的"稻花香"烈酒。

"爹爹的事我已听说,我是这样考虑的,来,先喝了这碗酒。"话音刚落,他就"嘟嘟"一饮而尽,"爹爹住院晚上要人陪,我晓得你们几个叔叔都忙,这事就交给我吧!"侄子满脸酡红,语气豪迈。

我们眼中一亮,随即众口一辞地问:"你上班怎么弄?"

"老叔知道的,我在后勤,三班倒,我跟同事调调班,晚上在病房支张折叠床,瞅空打个盹就行了!"他把眼光转向我,"上回我们李头老婆住院,就是这样换班的。"

"那太好啦!"看他说得入情入理,切实可行,兄长们眉头舒展开了,我更是升腾起一股感激之情,也不用筷子,抓起一把牛肉塞进嘴里,狼吞虎咽着端酒起立:"有劳老侄了,老叔敬你一碗!"恍惚中,脑海里飘过《水浒传》"施恩义夺快活林"的场景。绝啊,当年父亲施恩于他,他今天"快活林"报恩来了!饮水思源、知恩图报,是做人的美德,在晚辈身上看到这种品质,让我十分欣慰。

习成文武艺

小试牛刀

大哥在邻人眼里是一个"神户",特会办事,那时代叫"活动能力强",现在升格称为"运作水平高"。你比方说啊,下乡插队,他能给公社和大队买到手扶拖拉机,这在当时可是极抢手的生产资料。记得找的是省委农工部门一位黄姓老干部,显见得,大哥在特殊时期结识也善待了一批老领导。七十年代末他新婚,没住房,他能搞来钢材,于是省11汽车队就在集合村职工宿舍区分给他一个小套房,就是现在虹悦城这一片。少年的我就想,何

风雨过后彩云飞

时也能学到这般"武艺"呢？

俺家门口有个晒图作坊，唤作"东风誊印社"。晒图的几个老师傅经历颇不简单，既有三十年代武装行走江湖的盐枭，又有满腹经纶的知识分子，还有潜伏伪满洲国秘密抗日的军统人员。不过我跟一位叫王多文的老师傅最为意气相投，盖因他是江都老乡，从前干过洗染店伙计、饭铺跑堂等好多个行业，阅历丰富，我从他那里学到不少"门槛"（人情世故）。一次，我在他尖角营家里小酌，碰到了他表弟的对象，一个气质典雅的年轻女子。

"好清秀啊！"看着她离去的倩影，酒后的我不禁脱口赞美。那会儿我读高二，早已到"情窦绽放"的年纪。

小试牛刀

"那是呢!"老王咪了口酒,介绍道,"她演过《红灯记》中的李奶奶,现在南京图书馆工作。"

"图书馆?"我一下子来了精神。那时是"文革"时期较为宽松的一年,不独《红楼梦》《水浒传》等传统名著得以出版,成贤街的省图书馆里也有许多老版小说,如《火种》《前驱》《复活》《安娜·卡列尼娜》等,都对外开放,凭学生证可在阅览室待一天,可外借得有借书证。借书证极难搞到,非馆长一支笔审批不可。

"你们好像常给图书馆晒图吧?"我的思维发散开了。

"那是,现在氨水暗箱里还有不少他们的东西呢。"老王随口答道。文件资料用特定的纸张蒙着经太阳晒后，放进暗箱一阵子，才能留存，它们是如今复印机的"爷爷"或曾祖辈。

"赶集了！"我一拍大腿，冒出句电影《青松岭》的台词。后面的事儿就简单了：老王很轻松地在誊印社开了张介绍信，我拿着它径直找到南京图书馆何仁俊主任（也可能叫何文俊，记不清了），一位方形脸庞、慈眉善目的领导。为伪装得像一个"小青工"，我还特地套上一袭蓝大褂。

"哦，誊印社的？"何主任瞅着证明，顺口叮嘱道，"我们上个礼拜晒的一批资料要加快啊！"他从解放装上兜掏出钢笔，写上"请照顾办理一张借书证"。哈哈，OK了！借书证名字是王多文，照片却是我这年轻后生。他还返老还童了！记得稍后不久，我接连替堂哥、还有誊印社自己的职工办了好几张借书证，也没啥玄机，因为在何主任看来，咱们是协作单位，礼尚往来嘛！

阔绰的小"插子"

我十九岁那年,到六合东沟公社插队落户,人们戏称我们为"插子",是个中性词,无关褒贬。那时的知青,家里或多或少都要贴点钱,买买日用品什么的。我一开始也这样,每月由老爸赏赐"五块大洋"(五块钱)。一天,在大队部门口,看见孙支书着急地对赵副主任说:"无论如何这两天要搞到化肥,孙云、赵云、叶云都急着用呢!耽误了收成,屁股还给公社打肿呢!"这几个"云"都是自然村庄,包含一大拨子生产队。

阔绰的小"插子"

"化肥是买到了,可没车子运呀!"赵副主任摊开双手,一副无奈。

我刚从田头"抄青"——在麦田四周驱赶鸡鸭麻雀——回来,见到这一幕心里一动,脑子里瞬间浮现出县城里俺爸车队大货车进出的热闹景象,觉得"冒失"一下,极可能带来改善境况的契机。

"孙书记,我来找个车子呢?"我凑上前插话,心口还是忍不住一阵狂跳。

"你是小集子的吧?"小集子生产队紧靠大队部,所以孙支书认得。一旁的达炳小队长连忙说,"对,对,他老头子是35汽车队的!"

风雨过后彩云飞

"太好啦！"孙支书、赵副主任齐声喝彩。当天，我就赶到六城镇车队，父亲请政工组曹干事跟调度室协调。那会儿家家都有知青，人同此心，心同此理，于是立马安排了一辆拖挂车，解了大队的燃眉之急。这下整个村子都知道有个知青"小货"（村民们说我姓氏总是发"货"这个音），一时名声大噪。打这后，大家伙公事私事常找我商量,有人家起屋买"洋圆"（钢筋）、办喜事买好烟，我时有相助。俺二哥同事小董的弟弟在涉外宾馆工作，托他买几包"红中华""红牡丹"往老乡们的八仙桌上一扔，"啪"的一声，马上把酒席档次抬得老高老高。

我住大队部,与通讯员海子为伴,吃粮、烧煤（煤油炉）自是免费，海子不在时，我也跑跑腿，接接

阔绰的小"插子"

电话,通知通知开会什么的。那会儿经常晚上开支委会或大队干部会,我端茶递水忙得像一枚抽急的陀螺,开到深夜照例跟干部们吃顿宵夜;海子掌厨,红烧老鹅加卤水点豆腐,就是一海碗米饭,香"歹着呢"(当地话,程度很深的意思)!大队很信任我,一次深夜抓赌,我负责收赌资,衣兜里塞满了大把大把的纸票。

乡亲们晓得人情往来。大队在任云有个油坊,我每次回家,大队副业赵主任都特批几斤香油。那当儿城里人每月定量只半斤菜籽油。逢到秋季,我一扛就是一麻袋花生回城,分点儿给左邻右舍,那位晒图社的老王,自是我重点关照的对象——我感激他帮我获得"精神食粮":南图借书证,最终圆了我的"作家梦"。

风雨过后彩云飞

可能大队觉得我务农有点委屈，便把我调到大队砂矿磅黄沙、记运力，美其名曰"会计"，下班照旧吃住在大队部，拿工资。跟生产队挣工分相比，简直判若云泥！那时俺二哥正谈对象，单位是"清水衙门"，于是我慷慨解囊，补贴他添制了一双贼亮的牛皮鞋和一件昂贵的海军呢外套，人靠衣服马靠鞍嘛！

不到两年的插队时光，我跟通讯员海子整日价"泡"在一起，感情笃深，我吃的蔬菜都是他家自留地里拔来的，尝的腊味全是他家屋檐下割来的。很快，国家恢复大中专招生，我回城了，但我又"怎能忘记旧日朋友，心中能不怀想"？

几年前，我漫步中华门，顺便找海子女儿燕子聊聊。二十年前燕子进城，是我精心安排的工作，阔绰的小"插子"

后来她考上导游,如今在城堡售门票来着,与我家咫尺之遥。

"我爸……"没说两句,她已"嘤嘤"地啼哭起来。

"怎么了,你爸他?"我心直往下沉,情知不妙。

半晌,燕子止住哭泣,说海子早在2015年就因病不治去世了。其时,他早已从通讯员到镇里供电站工作许多年,吃皇粮、拿高薪,日子过得正滋润,岂料……呜呼哀哉!

我怔怔地站着,一任泪水无声地流淌……"仁厚黑暗的地母呵,愿在你的怀里,永安她的魂灵!"这是鲁迅先生的文字。

摆酒惊四邻

让我们穿越岁月的长河,回到三十多年前俺家老宅。这天中午,邻居小明置办了一席家宴,摆放在门前的院落里,他家是苏南人,菜品很具地域特色:红烧排骨、糖醋里脊、面筋泡塞肉……

"来来,吃酒,吃酒!"我大声嚷嚷,举起一大杯金陵啤酒。

"好,好!"小明来了个先干为敬。虽未行令猜拳，我这嗓门还是足以让刘老头、朱老太等邻人吃惊不小：这厮咋就成了吴家的座上客？邪了门啦！

老吴家跟我家紧挨着，父母双职工，家境优越，很受邻里待见和羡慕，当年我这穷小子及咱家，就像鲁迅描写的未庄，其地位在"小D和王胡"之下。深度解析"世道与人心"，老吴家确乎是好人，吴家大姐起初在邮局上班，我很小就拿她的绿色脚踏车学"掏螃蟹"（学骑车的初级阶段）；大哥在军队印刷厂工作，听他讲些时事新闻，眼界大开；小明比我大不了多少，自是玩伴，少时还一起逮蛐蛐、捉知了。他母亲吴妈妈为人理性、得体，记得曾在夫子庙聚星食品店和中华门前进烟酒店工作，我们只要到她店里玩，毫无例外地会买一大把糖果给我们。

风雨过后彩云飞

小时,俺家境困难。每年大年初一,天刚亮,吴妈妈便来敲门,对俺妈说:"嫂子,恭喜恭喜!"然后递上一大盘吃食,堆的尽是花生、核桃、柿饼、玻璃纸裹着的奶油软糖,而俺家回赠的呢?瓜子、蚕豆、山芋干……

上世纪八十年代后期,大件家电真叫个时髦,名牌冰箱"一台难求",我找新街口南京家电商场当头儿的同学赵步云帮忙,很顺当地帮吴家买回一台"伯乐"牌冰箱,兴奋之余,明老兄略备薄酒,以表谢意,这就有了本文开头的一幕。顺带说一句,买家电几个回合下来,我似乎摸到了规律,很快又帮公司同事梁姐、报社朋友买了立式"飞利浦"彩电、"香雪海"冰箱等紧俏货,由"必然王国走向自由王国"了,须知,市民要想买这些玩意儿,得有侨

摆酒惊四邻

汇券哟。

小明想租用个煤气包,毕竟烧煤基太耗时、太原始。我捋着稀疏的几根胡子,脑筋走马灯似的在转,两年前当特约记者时的情景浮现在眼前:当时浦东开发方兴未艾,我采访了城建系统孔书记,写了一篇南京城建参与浦东开发的文章,题目叫《立足于开放,立足于开发》。孔书记看后,操着上海口音赞许道:"我看可以。"他让秘书小唐核实数据后,便见报了。

年轻人爱面子哪,我硬着头皮叩开了孔书记办公室。

"哦,来了?"领导记忆真好,一下认出了我。

我抖抖霍霍把租煤气包的来意说了,他沉吟了一下,表示有机会会跟煤气公司老总"呱呱"。后来时间不长,这事儿就办成了。

孔书记真好!时隔恁久,他老人家要是健在,怕有九十开外了吧?

可能真有"青出于蓝胜于蓝"一说,咱再回到俺大哥身上,他后来致力于办企业,我几个兄长家里,若有甚难事、烦事,我居然也能支应一二,当然这是题外话了。

跑　　街

我二十郎当岁那会儿,碰上了一件"机遇与挑战"并存的事儿。武汉的长江日报社抽调编委韩晖等一干人马,创办了《长江开发报》,由沪宁汉渝四大沿江城市联办,南京设了个记者站,除了汉口来的魏敏是专职记者,我和地方总公司的俞处长、薛处长等都是兼职的。两位"处座"忙,所以站里的事务多由我这个小喽啰打理,记得光乘"伊尔""肖特"型号的小飞机奔走大武汉,就有十多回。记者采访、发稿倒挺鲜亮、潇洒的,可它还有个"癞痢头"

风雨过后彩云飞

任务：拉广告。

当时拉广告的普遍做法，是找在企业当领导的亲友或同学卖个"薄面"，施舍般地掏两个钱意思意思，并不指望什么宣传效应。我扳着指头把咱家七大姑八大姨排了又排，除了一个在大集体厂子里当工段长级别的堂姨表兄，就没一个当官的，难哪。好在，我善于从书本中汲取能量。家里有本艾明之的小说《火种》，我翻了又翻，里面小伙计靠跑街打开局面的故事，让我怦然心动，说干就干，要干就干一单轰动效应的广告。

这天，珠江路马标的南京无线电厂（714厂）销售科，来了位精瘦的年轻人，他拿出记者证自我介绍道："我是《长江开发报》记者，最近报社要

跑　街

对长江沿线各大城市龙头军工企业，集中进行一次宣传……"

销售科有位沙姓科长看了看小伙子带去的几份报纸，其中一张赫然登载着魏记者对南京市长的专访稿，谈到了加强沿江城市经济横向联合的内容。科长便让一位戴眼镜、高个业务员具体洽谈。对，小伙子就是我，一番侃侃而谈，业务员抛出一线希望："你过两天再来，我们要请示一下领导。"

"如果陈厂长再能题个词，对扩大我们报纸的影响就太有帮助了！"临末了，我画龙点睛般地追加了一句。

几天后我再次登门，顺利签了几千元的广告合同,那会儿钱真叫个值钱,俺每月工资也就四五十块。陈祥兴厂长很随和,真替报纸题了词,可谓"两个文明"一起抓了。

未几,我又出现在雨花台大名鼎鼎的晨光机器厂(307厂)办公室,更妙的是这次带的样报有时任上海市长的文章,背面副刊上还登着我的一篇散文,"名片"功用不言而喻。与晨光厂谈得格外顺利,当天就谈妥了,曹克明厂长也欣然题词。报社对这两家全国领军国防企业"不要太重视哟",登题词、发广告,搞得热热闹闹,示范效应引领了南京油墨总厂、南京化学试剂厂等一拨子地方厂家也慷慨解囊,做起广告来了。

"不错不错,蛮能干的!"俞处长拍拍俺的肩膀,

跑　街

赞赏有加。

"我没看错人!"薛处长握着咱的手,一脸欣慰。

后来俞处长到区里工作了。他文学造诣极深,阅江楼的楹联就出自他的手笔;还手写一幅给我,至今珍藏着呢,到我曾孙的孙子时,一定价值连城。薛处长后来任秘书机构头儿,堪称领导"一支笔",不过"打名气"地讲,无论他们身份如何变换,我们之间的关系都是"杠杠的"。

练就一支"秃笔"

"还是要重写哟!"组织股唐股长倚靠在办公室门前,手上攥着材料。看得出连跑三趟,她都有点难为情了。

"别烦了!今晚老夫亲自出马,管保明天你再也不会来找我啦!"我恼羞成怒,又有点成竹在胸地向她挥挥手。

"你能写?"从未看我写过材料的唐大股长,似练就一支"秃笔"

乎有点怀疑。

"我爷爷有名的江都师爷李贵，我的本事不用借！"我套用古典小说里的名句，没好气地说道。

是这样的：按机构改革要求，我们公司与职能相近的两个企业合并重组，经过近一年运作，干部融合到位，工作效率提升，年初上头要召开个组工大会，就安排本公司"一把手"老李做交流发言，这写发言稿的活儿自是我们发展战略股承担。我先安排"笔杆子"小余写，他很认真，第二天写出初稿让组织股送会务组审核，结果被打回来又写二稿；可二稿还是没写到点子上，我只能中途换马，让杨副股长来弄，我想，杨在干部股干过，想必能领会到精神实质吧？嘿嘿，依然被打了回票！把个唐股长急得不行。

风雨过后彩云飞

当晚,我在单位门口"辣子村"小饭馆炒了盘回锅肉,补补脑子,又胡乱扒了几口饭,匆匆坐到电脑旁重起炉灶,用新颖的词儿引领三个部分,"哗啦啦"信马由缰地一气呵成,然后浏览一遍,改动几个别字,就"咯噔咯噔"跑到六楼,可怜唐股长还在板等着我呢——她明天一大早要直接去会务组。

"时间吃紧哪!"她嘟囔着。岂料,第二天下午临下班,唐股长又站在我们办公室门前了,这一来让我吃惊非小!

"呵呵,"她轻松一笑,扬了扬手中一叠文件,"材料已经打好啰!"原来上午送稿,会务组当即验收,统一格式,编号打印。唐股长有心,特地送几份来给我们瞅瞅。再后来,"李一把"参会后很是振奋,他说王部长很满意,大会对我们的交流发言"反应很好"。

在我印象中,自打当小头儿以来,拢共就写过两个小东西,盖因当时一身而三任:城里两个股、河西大厅一个前台股室都要支应,整日忙开会、分派活,没工夫动笔,"非不能也,是不为也"。

除了上头那篇交流发言稿,还当了一把老部下的"秘书"。十年前公司竞岗,内勤杨大姐有点举棋不定,她跟我们一块工作二十多年,勤恳扎实,属于"老黄牛"式的老好人,如在退休前职级上个台阶是俺们大伙的心愿,可竞岗要演讲,须在三至五分钟内把最具特色的工作业绩向公司里两百来号人展示出来,她从未登过台,更没搞过文字,不敢轻言报名委实在情理之中。

"沉着,淡定!"我对她说,"演讲时莫慌,哪怕说错了,只要条理清晰,能说出个子丑寅卯,就成功了!至于演讲稿嘛——"我加重语气,"我来搞!"

"谢……谢谢!"不善言辞的杨大姐只有作揖的份儿了。

几百字的讲稿,我突出了她后勤工作的"基石"和"后劲"功用,就像电视剧《跨过鸭绿江》里说的,打仗不就打个"后勤"嘛!结尾又针对她腼腆内向的性格量身定做地加上一句："我不会讲话，在这里只能向各位领导和同事鞠个躬，来表达我想表达的所有意思！"说完，还真深深地把腰身躬到90度，这一举动引发了听众热烈的掌声，分管干部工作的任书记匆匆找来，惊奇地问："这演讲稿是你帮她写的吧？"我未置可否。杨大姐最终成功晋级，也算是我对老同志修的一份功德吧。

看着任书记远去的背影，我心犯嘀咕：就这几百字的小稿子，凝结着多少年的辛勤付出哟！思绪把我引向遥远的青葱岁月……

打小我就爱好文学，也"创作"过，可"十篇小说九个空，还有一篇不成功"——没生活底子啊！后来读了南京师范学院中文专修科，才晓得自己写

风雨过后彩云飞

作完全是"游击"习气,难怪遭遇退稿呢!在裴显生、凌焕新教授和高朝俊、朱持等老师悉心点拨下,我开始发表作品,加入作协,出版文集,不过从来就没人把我当成"作家",倒是当年助我阅读的南京图书馆,把我的集子藏于"江苏作家馆"里,算是替我争得了名分。文学创作在职场毫无用处,于是我改习通讯报道,这玩意简单,每段落定个性,把实例一堆就行了,自然不愁发表。

"最近我们公司的知名度提高不少啊!"那会儿在涉外企业,李书记对我的新闻宣传还算满意,"不过公文写作还要加把劲!"他让我去云南路的化原总公司找办公室金主任多请教。学呗,工作报告、总结计划、领导讲话……仿佛纸张不要钱似的。

练就一支"秃笔"

再后来,升格了,写调研报告了,原来面上工作都是靠调研去推动的啊。好吧,"三剑客"套路:基本状况,制约因素及成因分析,对策与建议……一写二十多年,出了经济学专著,评了副研究员职称,被南京社科院等学术机构聘为院外专家和副教授,其实我心里明镜儿似的,就我这三流写作水准,充其量也就是一支"秃笔"!

逍遥游

楼小乾坤大

弦，紧绷易断，长松易烂，这是俺爸教我的生活之道。他老人家是这方面的行家里手，一部汽车改装、一个活塞上膛，他能加班加点连轴转，一蹴而就。但稍有空闲的时候，他则动如脱兔，不是跟学校余老师进盱眙山林打猎，就是跟同事老黄去荷花塘垂钓；要不骑自行车改装的"摩托卡"进庄子，精心选购农家价廉物鲜的野生黄鳝、仔鸡嫩鸭、春韭秋藕，回到宿舍用电炉、酒精炉慢悠悠地做几道精美小菜，喝几盅"飞天"洋河，

风雨过后彩云飞

日子过得有滋有味。

我的休闲生活更多的是读闲书、杂书。

"怎么样,这小天地雅不雅?"大哥指着刚完工的小木结构阁楼,征询我意见。

"只能凑合吧!"我摆出一副勉为其难的样子,心里自有"小九九"。

我二十出头那年,大哥结婚,新房一时还在争取中,他便借用家里老宅先成亲。老房子是坐北朝南前后两间,我住的前屋兼客厅,后屋是俺爸妈的卧房,也是立柜、梳妆台、樟木箱等大件集中的所在。打开后屋的门,是一条狭窄的东西向巷档子,迎面

楼小乾坤大

红墙高数米,南北宽两米多,往左直通西头的厨房。这样,咱家后门往东就多出了一条五六米的弄堂空间,少时二哥就在此搭建过鸽子窝。这会儿俺妈到六合咱爸车队去住了,二哥、三哥自有单位宿舍,大哥要结婚,便请木工、瓦工在弄堂打了个上下两层的小阁楼,以便安顿我这尊"大神"。

说句掏心窝子的话,这阁楼比常年住的前屋好了去了!门是柳桉木三角板蒙的,丝纹优美,中间还留了个小纱窗;下层顶头一块实木板镶嵌于两墙当书桌,桌上放着暖色调台灯、笔筒和几本百读不厌的《唐宋诗举要》《论一元历史观的发展》和"三言二拍"等古籍,临桌一方小折叠椅,端的是读书写字的好处所。门内挨墙壁一竿小木梯,攀上去就是中规中矩的木板床,东头还开了

风雨过后彩云飞

一扇小窗户，清晨窗帘"刷"地一掀，一缕曙色便映照进来，温馨得让人心醉。

"今天吃什么？"每天晚上下课，我从厨房门（南门）一进屋，习惯地问道。这时嫂子会端上煎带鱼、炒肉丝等好伙食给我享用。其实俺爸妈给了我生活费，可哥嫂看我进阁楼每每会皱眉头、叹口气，觉得委屈了我，又咋敢跟我要伙食费呢？我是故意装的，省下的钱买了文史哲类图书以及成套的《十万个为什么》等尽情翻看，连"米丘林树木嫁接"之类的书也读个通透。别说，写作的底子、创作的素材全拜这年把年读闲书所赐。

厨房有张四方形饭桌，也是昂贵的柳桉木桌面，读书之余，我常把同学喊来打"四十分""拱

楼小乾坤大

猪牵羊""提壶"扑克牌,输的一方掏钱到华侨路口人民小吃店请吃夜宵:锅贴、火烧、馄饨、浇头面……撑得饱饱的,回去熬夜再读书呗!

"你家房子真宽敞!"每每吃宵夜时,小任同学一口吞下个小汤包,油渍溢满下巴,但还不忘夸奖我的小居所。那会儿家家住房紧张,能有个娱乐活动的小场所,也着实不易。

"是哪,安得广厦千万间,大庇天下……"我暗自得意,脸上却一副感慨。

呵呵,遥想阁楼快活时!

系马高楼垂柳边

我颇自信地来到解放路玉河机器厂（现黄埔大酒店所在地）——赫赫有名的1101军工厂是也！找到厂长张宝祥，一位身材高大、天庭饱满，架着一副眼镜的企业家。

上世纪八十年代后期，玉河轻骑十分时尚，但要凭"准购证"买，黑市上准购证已"炒"到让工薪阶层望洋兴叹的价位。这自然难不倒交际场上"练家子"的我，理由堂堂正正：记者采访要有交通工具。于是财政局"社会集团控制购买办公室"便批了个条子，记者站没经费，我就用自己积蓄，再跟兄长们"搓"几个。今天冒昧找张厂长就是批出厂价来着。

"你这姓，蛮少的。"张厂长没一点儿架子，看着我的证件自语道。

我坦陈经费紧张，买车还得自己掏钱。他轻叹了一下，批了个出厂价，不到九百元，省下的差价是我两三个月的工资。厂门口销售科一位高大英俊的小李业务员替我开了票，跑到孝陵卫仓库蹬回一辆绿色鲜艳的"玉河"轻便摩托车。有了它，别说上班、采访快捷省力，更把业余生活送上一个崭新的层面。

风雨过后彩云飞

"清凉山扫叶楼开嘞,咱们去玩玩?"一个周末的午后,二哥提议道,眼光睃了一下停在门前的轻骑。

"好哦!"我兜风的瘾还在兴头上,从家里拎了半瓶"分金亭"特酿,把钥匙往二哥手上一摔,跨上车子的后座,只听油门"轰"的一声,车子已沿着盔头巷狭窄的小道冲入豆菜桥、五台山、广州路……"唰"的一下停在清凉山高大的山门前。

扫叶楼是明末著名画家和诗人龚贤的故居,他的画作和当代名人的字画布满展厅,给人一种雄浑古朴的艺术氛围。毗邻展厅的是临山而筑的茶社,窗外风景旖旎,空灵的松涛声仿佛从六朝穿越而来;茶桌上早已摆满回卤干、椒盐花生、桂皮豆、五香蛋等茶食，我倒上酒与以茶代酒的二哥豪饮起来。二哥小时得过急性肝炎，平常不大沾酒。

"我算不算成功人士啊？"因为拥有一匹小"毛驴"，我志得意满地问二哥。

二哥哈哈一笑："等你哪天像老爷子那样有汽车，那才叫神呢！"别说，二十一世纪伊始，我还真买了一部小汽车，便宜，"吉利"牌。

记得骑"玉河"跑得最远的一次，我们骑到靠近仪征的东沟乡团结村红庄组去钓鱼，那是插队磅黄沙时结识的朋友秦成石邀请我们来玩的，那时他家新盖了一座高大壮观的住宅楼，酒席就摆在水泥铺地的宽敞院落里，我那辆"座骑"静静停卧在大

风雨过后彩云飞

门外茂密的杨柳树下,一群农村娃子围观,像欣赏什么稀罕物似的,真是出尽了风头。

笑入胡姬酒肆中

我到过西洋诸多国家，对阿尔卑斯山南北的异域风情感触良深，欧洲姑娘端上的黑胡椒牛扒，辣丝丝、香喷喷，土豆片儿脆崩崩、黄澄澄；斯拉夫小伙的烤肉，烟火气直冲嗅觉，勾起馋虫阵阵。特别是中亚女孩的歌舞、西亚小伙的劲姿，令我恍如置身于天上人间，充满新奇。但隔山隔海的如此遥远，可不是想去就去的，西洋与中华的界别，在我心中始终犹如泾渭。

风雨过后彩云飞

约莫十多年前的一天，一位陈姓朋友告诉我，洪武路新开了一家西餐厅，菜肴点心是地道的西洋范儿，而且——他加重嗓音："服务员是正宗白人姑娘！"他在国外待过多年，他认可的西餐厅肯定不会差。一个仲春的黄昏，我们迈入这家餐厅。

"你好，欢迎光临！"刚入店堂，一位二十多岁的外国美女操着汉语招呼道，有股子老外学讲中文的特有韵味。她个儿高挑，眼睛稍凹陷，眼波湛蓝，鼻梁圆润而挺拔，皮肤美白美白的，一头茂密的金发。我嘀咕，她们究竟是欧罗巴哪一国的呢？餐厅墙上贴满多瑙河两岸优美风光和满脸络腮胡子、胸毛裸露的彪悍大汉的黑白照片及一溜儿洋文，空气中弥漫着淡淡的烤煎牛羊肉的腥膻和洋葱气味。

笑入胡姬酒肆中

"嘿,还真是这么回事!"我暗自赞许,脑海里掠过在塞纳河畔香榭丽舍大道一家西餐馆大嚼鱼排时的情境,立马喊道,"有鱼排吗?"

可能嗓门大了点,正在就餐的一干中外食客都诧异地抬起头,我一时大窘:坏啦,品西餐是要讲绅士风度的,咋就这般孟浪?于是连忙低头弓腰,跟朋友匆匆找了一张不显眼的餐桌坐下,细声细语带手指比画地点了鱼排、牛排、意面、沙拉和蘑菇浓汤等菜品。

"酒水?"貌若天仙的"卡秋莎"抑或是"娜塔丽""玛莉娅"问道。以我有限的知识,我想,西洋女子无非都是这些芳名。

风雨过后彩云飞

我用指尖戳了戳酒水单上的"青岛啤酒",这时,一位斯文的男侍者不知何时出现在跟前,他脸上闪烁着温情的微笑,彬彬有礼地建议说:"来品西餐,喝点洋酒是不错的选择。"

想想也是哦。看我们首肯,他如数家珍道:"香槟爽口,葡萄酒醇正……"看我一脸茫然,他改口道,"白兰地、威士忌和郎姆酒度数高些,当然,想更烈一些的,可点伏特加!"

来到这么一家异域餐厅,碰上这么一位能说会道的酒保,再看看不时擦肩而过的修长、丰腴的西洋姑娘,我们心情大好,喝起了高度伏特加。这酒果然劲大,几杯下肚已飘飘然昏昏然,朦胧中只见递菜窗口闪出个"老外"小伙儿,轻轻叫了声:"凯瑟琳！"那个替俺们点菜的姑娘立马跑去，送来了香气四溢的七分熟去骨牛排。

"凯瑟琳？这名字好熟悉！"我趁着酒性对朋友嚷嚷，"记得读外国小说，叫这名字的主人翁蛮多的啊！"

正给我们送蒜瓣儿的凯姑娘（顺带说一句，嚼牛排搭食蒜片，味道绝对鲜美），听了我的话，粲然一笑，解说道："是很多的，凯瑟琳是纯洁的意思，就像你们这里的女孩子叫小芳的多，是花儿的意思。"她还下意识地看了看正在就餐的几位中国女孩儿，的确，黑发披肩、清秀素雅的她们，一如歌词里唱的"姑娘好像花一样"。我慨叹不已，没想到这位凯瑟琳小姐，身在中华大地，竟能够落落大方地用汉语把中西方民族文化信口道来。

惊喜之余,我端起满满一杯"伏特加"一饮而尽,还向她伸出大拇指说了声"OK",女服务员,不,欧罗巴的"纯洁"女孩甜美地笑了,还闪出两个酒靥……

记得后来我们又去过那里,发现这家西餐厅业已关门,是歇业抑或迁到其他什么地方就不得而知了,让我多少有点惆怅。据说罗廊巷靠近汉中路处有一家唤作"阿拉丁"的酒馆,颇有异域特色,有机会不妨去尝尝。

去尝尝?

自将磨洗认前朝

"站好了，正经点！"薛传领同学拿个"120"照相机，左瞅瞅，右瞄瞄，还是摇摇头，"不行，得往后再站站。"

"还要退啊？"我看看身后杂草丛生，灌木旁枝逸出的山坡，有点害怕，别窜出一条蛇来哟！

上世纪八十年代初的幕府山是座原生态的荒凉山丘。因为正值春季，漫山遍野还是绽满了红黄蓝白各种叫不上名字的野花儿。薛同学不知从哪儿找来一套老式解放军大尉军衔的呢军服和大檐帽,带我们来到山沟里拍"戎装"照来了,让同学们过过"军官瘾"嘛。

我只好再往后退几步,没想一脚踏空,"扑通"一下陷进了一个草窠子里,脚踝碰到一块石头,生疼的。

"哎哟……"我呻吟着,一边把手伸给来拉我的建华兄,一边多少有点疑虑地盯着草坑,这一看,非同小可!原来坑里散落着许多青砖残石。"你们来看——"我情不自禁地叫起来,大家伙一下子拥了上来,拨开杂草,露出了坍塌的建筑物。

"古墓!"我们几乎同时吼叫起来,薛同学是副班长,文保意识强,立即报告了附近学校的老师。当然,我们也饶有兴致地用小树棍儿在黄土堆里发掘起来,很快捡出许多氧化了的墨绿色钱币;一个赶来看热闹的后勤老师,还捡到一枚铜镜。

文管会来了位胖老头,衣着邋遢(肯定家里孩子多),学识渊博,口才甚佳。他稍微浏览了一下古墓四周,瞅了几眼被我们摊在报纸上的"文物",就笃定地告诉我们,这是一座已被盗过多次的东晋古墓,没啥考古价值,不过老师的那枚铜镜他要收回。

"你好细心,瞧,这镜子都跟泥土颜色一样一样的,从前的几拨子盗贼一准都没发现,却被你慧眼识珠找到了，了不起啊！"胖老头先竖拇指，后又作揖，愣是从老师依依不舍的怀中把古铜镜收走了。

至于古钱币呢？老头很爽快："这是五铢钱，存世极多，你们留着玩吧！"

我们细看"孔方兄"，从右到左确有"五铢"两个篆体字。这老头着实厉害，时隔四十多年，我在朝天宫、夫子庙地摊上每每发现"五铢"铜钱，历经千年，依旧不值钱。

近日看央视 10 频道，播放了在幕府山工地发掘到东吴大将军丁奉家族墓的实况，墓址离我们当年发现的东晋墓咫尺之遥。真是少不更事啊，倘若我们再在周边敲敲打打，没准这辈子就不去搞什么"综合经济管理"的营生，改行当考古专家得了！啧啧。

因为学的是文科，对历史遗存考察的兴趣丝毫未减。那是2003年的一天，二哥开车带着我来到南郊垒山，所为何来？看了沈醉《我所知道的戴笠》一书，了解到当年这位中国的"希姆莱"因飞机失事，就栽在这座海拔不到两百米的小山峰上，书中称其为"戴山"，山上有座颓败的戴家庙，戴笠葬身的山沟叫"困雨沟"，戴笠的字叫"雨农"，太巧了！这不，实地考察一下嘛。

我俩在山上转悠了一晌午，愣是没发现丁点飞机残片，草丛中倒是有几块破碎的石头，细看又没雕琢的字样，只好悻悻返回，意外转到了郑和墓。看门的是个年过半百的师傅，跟他在一块闲聊的却是位九旬老者，思维和谈吐都还相当清晰。

"怎么记不得呢？那会儿我都二十多岁了。"谈到近六十年前的那次飞机失事，老者很是自得，"是下雨天晚上，听到轰隆隆多大的响声，整个庄子都像着火了，天上通红通红的！"他告诉我们，第二天村里许多人都赶山上去了，还拾了不少东西，可没两天城里来了许多公家人，先把烧焦的尸体存放在保长家，然后叫村里人交出捡到的物件。

"就没人偷偷藏几件，没上交？"我好奇地问。

"哪敢喽！"老者一口乡下口音，"这些公家人都带着——"他用手在腰间比画了一下,伸伸舌头。我哈哈大笑,心里明镜儿似的:那可是正宗的军统特务,你老爷子没有文化,却也晓得害怕!

这些细节,沈先生的书里自是没有,俺也算是不虚此行啊!

芳园筑向帝城西

进入新世纪，买房子从无到有，由冷至热，如今已是烈焰腾腾。有人为子女上学，买学区房；有人图上班方便，买就近小区；钱多的买清静的花园洋房，拮据的买陋街的二手房。我呢，边玩边逛边看房，宗旨只有一个：小区及周边一定要有深厚的文化积淀。

记得在夫子庙金榜大市场，我有幸跟著名企业家徐金钰餐叙，其时他老人家似乎已退二线，依旧非常睿智，对宏观经济、新兴产业都有独到的见地。

"徐总，依您看，如果买房，应该买哪些地段的好？"我抛出这个家政头等大问题。

"那要看你喜欢什么环境了！"他呵呵一笑。我告诉他自己选房的偏好，他略加沉思，对我说："止马营一带的楼盘值得考虑，它们毗邻秦淮河，一条秦淮河，六朝金粉气啊！它还挨着文庙朝天宫和清代的江宁府学，天下文枢，文人荟萃之地。"

"朝天宫？"我沉吟着，知道文庙的门楼和匾额分别由曾大帅和朱夫子题写，这一武一文可是我神交已久的老友啊！更神奇的是，小时候俺娘说过，夏天到朝天宫乘凉最惬意，那里没蚊子，因为张天

风雨过后彩云飞

师下来过的。

"太棒啦!"我精神为之一振,告诉徐总,下午就去看房。

"确定买跟我说一下。"慈祥的全国劳模、"五一"劳动奖章获得者,临了还不忘善意地提醒我,我心里亮堂:大名鼎鼎的徐总若是出面,肯定有好户型,没准房价还会优惠几个点呢!

下午我赶到止马营,一口气看了通宇花园、银翔公寓等好几个楼盘,恰待要下手,堂侄传来讯息,说我中南园的房子因套型不佳,一时难以出手。工薪阶层不捣鼓捣鼓,哪有财力买新房呢?只能暂且作罢。

芳园筑向帝城西

一日翻看《红楼梦》,读到薛宝钗题咏大观园的诗:"芳园筑向帝城西,华日祥云笼罩奇,高柳喜迁莺出谷,修篁时待凤来仪",内心不禁一动:要是能在大观园的旧址上买个宅子,不要太富于诗意噢!我先跑到曹雪芹老宅利济巷一带考察,不行,全是老旧小区;又到五台山、随家仓晃悠,附近的街巷什么"东瓜市""豆菜桥",俗不可耐,跟宝姑娘吟诵的高雅诗境大相径庭,莫非大观园真的在北京?且慢,书中贾雨村说得分明:金陵石头城嘛!

正犯愁时,中北房产公司的朋友小张告诉我,城南集庆路盖了个楼盘,施工时从地下挖出大量的太湖石、老柳树根……哦?我脑筋一转:古时肯定是大户人家的花园!

风雨过后彩云飞

于是乎,我花了足足三天的工夫,对这个小区进行专项调研:二十年前集庆路没拓宽,小区跟殷高巷连为一体,明清时殷高巷整个儿就是织机一条街,与曹家"江宁织造"的身份吻合;小区位于南京城西,四周绿竹园、凤游寺、凤凰台(山丘)、"有凤来仪"亭、来凤街、来凤里等街巷和古迹环绕,与宝姑娘诗中的城西、柳树、山谷、竹园、凤凰……全对上号了!楼盘名字起的也绝:芳庭。妈呀,就认它了!恰巧那会儿我的中南园和颂德里两套二手房刚卖掉,于是毅然拿下了这栋小高层的顶楼,登高望远嘛,帝城风貌尽揽无余。

一天,我兴冲冲刚进单元门,不期与一条大汉撞个满怀。

芳园筑向帝城西

"你?"我刚想斥责这厮,定睛一看,乐了!你道为何?原来正是中北房产的朋友小张兄弟,他也搬来了,眼见得也是逐梦而来——"红楼梦"呗!

月是故乡明

"上次是椰岛风情,这回是北国之春,去玩玩吧!"侄女小文劝我说。她是小有名气的电台主持人,常随团旅行兼做讲解,时有费用公道的让人不敢相信的旅游名额。何况,还是她掏腰包请客。奇哉怪也,对这种"不要钱"的旅游,我竟毫不动心,压根儿就没去过一次。

"烟花三月,小叔我还是回扬州老家看看的好!"我谢绝道。

"哼，老一套！"侄女一脸不屑。

"这个你就不懂啦！"我教训道，"多读唐诗就知道江南名城唯扬州，多逛扬州才晓得什么叫江南！"

"知道，知道。"她不耐烦地居然信口冒出"二十四桥明月夜""二分无赖是扬州""春江潮水连海平"等吟诵扬州的诗句。嘿，不简单！

其实啊，自打有私家车那会儿起，我年年春上往江都老家跑，车子早已更新过四五款，回乡小住的癖好从没模糊过、动摇过。时至今日，第一次开车携老娘回乡的情景历历深铭在我的记忆中……

风雨过后彩云飞

"打信几天了?"俺妈问道,她快三十年没"家去"了,这次去前特为让我分别给她老家的姐姐、嫂子、大姑子写信,让她们别外出走亲眷,毕竟都是七老八十的人了,见一回少一回嘛。一路上俺妈显得兴奋,盖因不是打票坐长途汽车,而是儿子的"小包车"送她衣锦还乡。

"肯定收到信了,您老就放一百二十个心吧!"我溜着方向盘,从宜陵镇穿过,很快到了丁沟,姨妈的信使——镇上邮局的张启琴已恭候多时,她热情地把我们引到张家街23号,俺姨妈的小屋。

"老姨娘……"已八十八岁的姨妈身子骨还"凶"(健康的意思)得狠,可能是激动了,一把抓住俺妈的手,哽咽起来。俺妈像哄"匣子"(孩子)

似的,用手轻轻叩打着她的腰背好一阵,才消停下来。

姨妈的餐桌上摆满了家乡菜:咸鱼烧肉、千张卷斩肉、腌菜丝炒毛豆、韭菜末蒸鸡蛋、煎绿豆粉块,而"大麦冲子"酒,离多远就闻到一股浓烈的香气。

"树上有只鸟,名叫烦不了!"明知道腌腊菜肴是垃圾食品,我还是双腿一盘,坐在长条凳上大吃大喝起来,一边听她们老姐妹唠嗑。临来时,俺妈跟"有钱人"大哥要了几千块钱,这会儿一甩手给了姨妈两千,姨妈颤巍巍地推搡了几回,还是收下了,藏在了被子缝里面。看来钱真是个好东西,特干净!

风雨过后彩云飞

从俺妈的话语中,我获知姨夫走得早,姨妈长年一个人过活。六七十年代时俺家定息没了,咱爸一度也减薪,困难之际,姨妈把她三周乡的老屋和几件红木家具卖了资助我们,她自个来到丁沟定居,吃粮和零星用度自是儿子供给。我猛然想起,逢年过节,母亲都让我汇钱贴补姨妈,原来有这档子渊源呀!

稍后几天,母亲次第拜访了咱丁沟红光村的姑妈、丁伙华家庄的舅妈,且都是"送钱",那会儿的钱值钱,记得我工资也就一千七。别说,"送钱"里头大有由头:俺爸妈成亲时,姑妈死缠烂打,盯着大伯把汽车行的家产分点给俺爸,让咱家创业有了第一桶金;外婆中风、外公养老,女儿不在身边,全靠舅妈早晚侍奉;就连车墩庄子里俺妈的姨姐姐,母亲也杵了几百块,原来三十年代这位"姨姐姐"在上海东洋人家做女佣,带俺妈去玩过一阵子……敢情母亲这次回乡是报恩来了?!

子时已过,我漫步于乡间小路,毫无睡意。钱是撒出去了,却没一丁点心疼,因为从她们历经沧桑的眼神里,我感受到一股浓浓的亲情,打小就温暖着我而竟不自知……

记得那是一个皓月当空的春夜。

金兰花开

风雪关帝庙

雪纷纷扬扬地下着,北风尖啸,发出阵阵哨子声。我拿着材料,抖落身上的雪珠,匆匆迈进大殿。这座庙是上级公司大院里唯一的明代建筑,用来祭祀武夫子关羽,俗称关帝庙,眼下大殿用为兄弟企业的办公场所。我把文件交给好友小杨,刚想寒暄几句,手机响了,办公室严兄说,新来的"一把手"马上来跟大伙儿开个见面会,让我急速回去。

风雨过后彩云飞

"好好!"我忙不迭地应着,走出殿宇,发现踏跺(台阶)上刚刚被我踩出的脚印,已被雪花覆盖得毫无痕迹,仰望灰白色天空,那雪下得密了!头顶飘着雪花,脚踏松软的积雪,身迎凛冽的寒风,心里居然漾起缕缕暖意。

说起履新的"一把手",我们十年前就认识了。那天,胡股长带我们去位于新街口螺丝转弯处的一家集团调研,李总经理亲自接待,他侃侃而谈,其对成立品牌公司、进行小单体经营的思路和实践,给我们留下了极深的印象。

"他常常能找到黑马股,像延中、胶带和良华股份等,他都捕捉到过。"送我们下楼离开时,胡股向李总介绍我,"有白手起家的能力。"

"哦？"李总兴趣顿生，打趣道，"那下次我们买股就先咨询你啰！"自然，以国企党政"一肩挑"的身份，忙得哪有工夫炒股哟！这一晃十多年下来，企业机构改革，合并三家组成了一个大单位，当年的"李总"变身为俺们新公司的"一把手"！

关帝庙离我们办公楼也就百十米，当我走进大会议室时，"见面会"已经开场，一个激昂的声音在回荡："今后咱们就在一起共事了，我没多说的，只想跟大家齐心合力把工作做好，并尽已所能把大家服务好！"嗓门洪亮，气场强烈，引起大家一阵热烈的掌声。

我赶紧找个不显眼的座位坐下，稍事打量新头头：依旧是宽阔的脸庞、宽边的眼镜、宽大的衣着、宽广的胸襟。巧了，当晚关帝庙的小杨兄弟约我去西头的台城饭店喝酒，或许因为与新领导有过一面之缘，我喝得酣畅热烈、意气奋发。

"这对你来说或许还真是个机遇。"杨兄弟深知我在职场颇不得意，可能是性格使然，虽然对同事们多有帮忙，可屁股一掉他们照旧说我的不是，以至于公司的书记正告我"可能下岗"。小杨性格宽和，跟我诚恳交流了如何跟同事和领导融洽相处等细节问题，临了，还把剩下的熟牛肉和约莫三两多的"五粮春"烧酒打包给我带回。

出了酒店，发现拳头大的雪花倾泻般地扑面袭来，关帝庙门楼及门前两株高大的雪松犹如银装素裹，白花花浑然一体，那雪下得紧了！看着小杨进殿，我怀揣熟牛肉，愣愣地站着，恍惚中仿佛脚下的雪路在我眼前伸展，这条路伸得很远，它将引我到何方？我又惊又喜……

一晃年把过去，"李一把"除了偶尔碰面时略一点头，跟我没有更多交集。一天，他突然把我叫到办公室，说抽调我到下属集团去帮忙搞企业改制。

"换换环境也好。"他轻描淡写地补上一句，我就知道，早有人在他耳边上我的眼药了。再细打听，下集团的十多个人，都是年事蛮高的老好人、老实人，呦呦，那个办公室严老兄也在其中。邪门的是，特为强调我在这个到企业挂职的工作组里职务最低，上面有总助、部长、科长、组长、档长等好几个层级。妈呀，这就是十多年故交派给我的"美差"？

风雨过后彩云飞

我像被人兜头泼了一盆凉水,心里拔凉拔凉的。更绝的是,那天仍旧是个风雪交加的日子,关帝庙前簌簌地飘着雪花……

没得选的!拟订改制方案、核算存量资产、协调各方关系、接待职工上访,既苦且累,别说也颇多历练,对长期"耍笔杆子"的我,增加了不少"实战"经验。两年后,改制完成,我们一干人等打道回府,公司本部搞竞岗,十多个人里面,就我一人升职,从此走上兴盛。我留神了一下,竞岗那几天,大雪纷飞,关帝庙前的雪松昂然挺立。

"做事该走的程序一个不能少!要守制度、讲规矩,办成事、不坏事!"这是"李一把"每每叮咛大家的话,真乃"诤友"型领导也!

风雪关帝庙

我依旧每天从关帝庙前经过或进出,照样常常想起"风雪关帝庙"的那个冬夜。

常山赵子龙

很不好意思，我的初始学历只是南京师范学院中文专科。毕业后交往最多的是班长赵云，只记得他家是北方人，是不是常山真定人氏？没细问过，反正我经常到他家吃饺子、包子、馄饨等面食，他母亲包的，特入味。他义气、忠厚，帮起朋友来"一身是胆也！"起初他仕途蛮顺，年纪轻轻就是新街口的南京无线电商场主任，后又升任公司工会副主席。现在回过头来想想，为人太仗义，并不适合在"官场"混。果然，他后来离开国企，到我们历史老师创办的集团下属工程公司去干了。

"你在南湖吗？我在附近施工，顺便来看看你爸妈！"上世纪九十年代初的一天，赵云在我的拷机上留言。

"在的，你来啊！"我回复。因是周末，我一般都会来陪二老。他掐得很准。

两年前因拆迁，爸妈来到南湖路98号二哥单位的传达室过渡，最近接到通知，福建路中南园安置房马上就要交付，不过要预缴一笔物业费什么的，最大头的是要缴几千元的天然气安装费。那当儿我工资就两百来块钱，二哥单位是"清水衙门"，大哥、三哥在国营厂子里拿的也是"死工资"，且都有各

风雨过后彩云飞

自的小家庭,这笔巨款着实难煞人也!

赵云来了。"还吃过中饭了?"俺妈习惯地问道。

"没呢,有什么吃的随便吃一点就行!"赵云也不客气,他脸型方阔,照俺爸的观点,这种人豪爽。

也没什么鸡鸭鱼肉,俺妈炒了个红辣椒空心菜梗,氽了个菊叶蛋汤,剩饭蒸了一下,就请俺"子龙"兄用膳了。

"好喝,好喝!"赵云把汤锅掀了个底朝天,连夸俺妈的菊叶蛋花汤清爽可口。

既不是外人,谈谈聊聊,母亲就把中南园房子交付要花钱的事儿给扯出来了,赵云环顾了一下过渡房狭窄的空间,说:"哪能让七十多岁的人老住这里呢?"他抹了一把嘴唇,跟俺爸妈打了个招呼匆匆走了。第二天,他就拿了几千块钱送到南湖,父母吓得连忙打电话给我,我找到他,还没开口,他就不耐烦地摆摆手:"这是我孝敬伯伯、伯母的,跟你不搭界!"说完,发动吉普车绝尘而去……

以后经济条件改善,大哥也办企业了,我多次提出要还他钱,可他似乎不记得有这档子事了。我心里透亮:这是揣着明白装糊涂呢!为情,俺还是不乏智慧的,后来愣是找了个别的由头,把这钱给他补上了,可我又怎能忘记"子龙"兄雪中送炭的"一份好钱"呢?!(《金瓶梅》中孟玉楼的话,能及时派上用场的钱才叫"好钱"。)

风雨过后彩云飞

还是那个年代，洪武北路有家财政债券交易营业部，给人做国债期货。我有个好兄弟"做多"，结果"空头"势猛，朋友账面负数已达数万之巨。营业部不干了，责令他平仓，可这一平仓就铁定亏大了！不平仓也可以，找一家资质良好的企业担保。朋友夫妇俩找到我，未语泪先流："这咋搞呢？钱都是借来的，这个炮子子，祸闯大了！"朋友妻一把眼泪、一把鼻涕，在我面前揪着朋友的衣领，号啕着。

"别急，别急！慢慢想法子。"我一向心软，就见不得女人哭泣，于是咬咬牙，又去找赵云。"子龙"兄果然英雄虎胆，翌日就从公司开具了担保书，还赫然盖着公司大印。营业部黄、费两位经理用放大镜细细考究着这家运营良好、小有声誉公司的担保书，终于通知朋友不用平仓了。没多久，北京"中经开"公司强势做多，朋友彻底解套，还小有赚头，那份担保书自然也就成废纸一张啰。

想想后怕，若是做期货的朋友继续亏下去，赵云就得"背锅"，他在公司还怎么混下去？为了一个朋友去让另一个朋友冒险，就像个沉重的"十字架"，在我心头久久挥之不去。

二十一世纪初，赵云改行做客运营生了，那时我住御河苑，他偶尔来看我总是步履匆匆，我心里嘀咕：谋生不易哦！终于有一天，我打他尾号"5370"的移动手机，停机了！恰巧那年把，我也由"联通"换成"移动"了。想到他家去吧，螺丝转弯地段早已新建起金鹰大厦 B 座。我晓得他老母

风雨过后彩云飞

和妹妹住雨花台二化机厂宿舍，也曾去过，但一栋栋老式楼就像"多胞胎"、迷魂阵，难找哪！我常宽慰自己说，他一定也在想我、找我，我们会见面的。

赵云兄，你在哪儿啊？

龙王请来金陵王

有这么一段时期,我同事虽多,没一个可交心的朋友。一天上班,看到跟我一起进公司的年轻女同事,很自然地喊了声"早啊"。没曾想她都不正眼瞧我,只是用鼻音低微地"哼"了一下,就迈着"哒哒"的脚步高傲地离开。这分明是藐视我这个群众印象不佳的人呀。

忽一天,公司从财税部门调进一个小伙子,个头不高,脸型方阔,双目闪烁着智慧的灵光。因其年龄最小,自然都称他"小王"。记不清他童年是在东海还是灌云生活过,反正谈起小时捉住海虾,剥开红红的虾仁,用酱油一蘸就生吃了,特鲜;豆田里的毛豆粒,剥皮直接入口,崩脆的。邪门的是小王跟我十分投缘,很快成了铁杆朋友。

"还能帮忙写个东西啊?"分管领导汪总让我写个关于网点建设的大材料,费时费力,当时我正悄悄突击发表文艺作品,冲击作协——那会儿厉害,名头叫中国作家协会江苏分会,因而缺的就是时间。

"放心,包在我身上!"他文笔挺棒,当时手头既有科室头儿交办的调研稿,又有领导在职读研的论文要润色,这会儿还要帮我写个材料,可见得多累。那几天晚上,飞檐翘角大屋顶的楼宇,三四层各有一间办公室灯光亮到翌日凌晨,正是我和小王分别"恶揪"形象思维和逻辑思维的文章呢!

"不错不错!"审稿的饶主任(开国中将饶子健之子)看着那篇网点建设交流材料,赞不绝口。我又跑到分管领导那儿表功,自是不敢贪天功为已有,很策略地说:"多亏了小王!因为从城市整体服务功能方面着眼,我没这水平,而小王是从综合部门来的,罗列的观点新颖,表述得就是到位!"

汪总自是满意,但也着实闹不清这材料到底是哪个主笔。不过,我一直记着"欠"汪总交办的写作任务。也就几年的工夫,我腾出手来,大开"杀戒",他提观点我动笔,愣是一气写出十多篇论文,发表于核心期刊。更有趣的是,这位汪总后来顶替"李

风雨过后彩云飞

一把"成为俺们公司的新总裁,闲谈时有人议论:"真邪门了! 前后两任主要领导怎么都是他(指我)私交要好的朋友呢?"话语中有股子"甜甜的、酸酸的"意味,对,就像营养奶的味道! 我暗自得意,自封是"从九品转运使"。

闲话少说。这小王夫妻原是一个单位的,收入平稳,跟他家相比较,我几乎是"穷人"。我驾照考得特早,本世纪初私家车开始流行,我跃跃欲试,想买一部出出风头,可连钢镚儿一起算上,才万把块钱,而最便宜的一款"吉利豪情"小车,还要三万多。我找小王开口了,他二话没说,把自家定期存折里的两万块钱提出借给我了。当天,我乐得屁颠屁颠地跑到大明路4S店,开回了一辆车。晚上翻开《红楼梦》,嘿,"东海缺少白玉床,龙王请来金陵王"，说得真好！我端起酒杯向曹公的煌煌巨著"敬"去：雪芹兄，知己啊！

业余时间，大伙爱打个小牌，唤作"80分"，没人肯跟我"打对家"，莫非"群众印象"已渗透到休闲、娱乐上了？正尴尬时，小王找上门来了，跟我搭档，挑战老钱（后任交行泰州行行长）、老廖。别说，小王牌风犀利，每每把对手打得只有招架之功，并无还手之力，于是大家又送他个雅号"小凶悍"。

可惜呀，前两年，企业机构再次重组，老王（当年的小王早已年过半百啰）的科室整建制划到另一个公司去了，而且走得那么低调，就像歌词里唱的：让他淡淡地来，让他好好地去……

风雨过后彩云飞

我忘记他了吗?看看这篇声情并茂的短文,您就啥都明白了!

病榻前巧结兄弟

我手背上打着点滴,头上裹着纱布,斜躺在病榻上,无精打采地翻看着堂侄带来让我消遣的成套《聊斋志异》连环画。翻着翻着,我忽然一骨碌坐了起来,支架上的盐水瓶猛地一阵晃荡,把个邻床的病友唬了一跳,急忙按电铃唤来护士。

"怎么了?"白衣天使气急败坏地问道。

"没、没事!"我扬了扬手中小人书,答非所问,

风雨过后彩云飞

"这话说得太好了！早读到它，我也不会躺在这遭罪啰！"

护士小姐一脸懵懂，替我重新梳理了点滴针眼，嘟囔着走了。

年轻的姑娘怎么会晓得我的所思所想呢？

聊斋中有一册《狐梦》，主人翁女郎对毕书生的临别赠言道出了天地之至理、世间之真谛："兴盛的时候，气度平和，祸患自然就少了！"这话像一记重锤，敲打着我的心灵，幕幕往事走马灯似的在我脑海里掠过……

分管副总何厅看我不在单位，临时安排手下一

病榻前巧结兄弟

位女同志去河西金陵饭店帮办会务,这是再寻常不过的事儿,可我不干了!不经俺同意,越级指挥,置我堂堂"中层"于何地?愣是责令她立马打道回府,何厅无奈地摇摇头……

往昔喝酒谨慎而不过量,盖因害怕酒后失言被人抓住"小辫子",向领导打"小报告",可如今是逢聚必有酒、有酒必喝醉,出言不逊,打闹中竟把一位同事的脚拐子搞骨折……

所为何来?潜意识中不就仗着"一把手"信任、兴的一头的"核子"吗?常言道,出来混总是要还的!任何的"作"最后都得自个儿买单。报应很快就到:骑个助力车很不经意地在四牌楼东南大学门前"颠"了一下,头碰到手把,一做CT,居然"粉碎性骨折",

医生吃惊不小，又连续做了多次检查，所幸上苍不动声色，默许我以"改过自新"的机会：颅内完好无损，没丝毫出血。

"神奇了，头骨都跌凹陷了，还像没事人一样。"显然，这一特例足以颠覆主治大夫倪红斌二十年的职业生涯，他看我神态自如，行走自然，惊讶中透着欣慰，"先挂几天水吧，疼痛症状就会改善！"

在医院住了三天，倪医生来了："如果是自费的农村病人，这会儿也许就出院回去了，以后，也许啥事都没有。"看我一脸迷茫，他笑笑，"但凹陷性骨折如果长期压迫神经，也怕出现癫痫症，做个手术把它复位还是有必要的。你自己看吧，也和家人商量商量。"

病榻前巧结兄弟

我心头泛起一阵涟漪：这大夫好生善解人意，既不恐吓你一定要手术，又好心地把可能出现的情况分析给你听，说到底就是一副"无可无不可"、主权皆备于患者的架势。

"好，听你的，手术就拜托你做了！"我为人感性，激情与义气齐飞，性急共豪爽一色。

别说，年近不惑的倪医生端的好医术，术后一晃十多年，没丁点不适，让我明白了一个道理：年迈的专家固然经验丰富，但操作时的精力和灵敏度远不及中年医师，要不怎么说人到中年是事业的"黄金岁月"呢?

话说回来，住院期间倪医生看我喜好阅读，便打算把我转到干部保健病房,病人少,设备好,光线亮。太棒啦!我兴奋地刚想答应,《狐梦》里女郎的话蓦然在耳畔响起……

"不,不!就住这,挺好的,人家能住,我就能住!"我环顾了一下简朴的、六个人的大病房,一位满脸皱褶、七旬开外的患者,正死命地用手擤着鼻涕,然后在衣襟上擦干净手。要想安稳地度过漫漫人生之旅,是时候低调了!我打定主意。

之后我跟倪红斌成了兄弟、哥们儿。电影上常看到,外国人有私人医生,他铁定就是俺的——不,我全家及亲友的保健顾问。有段时间我双腿无力,骨科任医生说可能腰椎压迫,让做个CT。

病榻前巧结兄弟

"不用！"倪主任决然地说，"服一阵子维生素E吧！"嘿，别说，真灵验，半月后浑身充满活力，紫金山上又看到我轻捷的身影。

亲友中有啥人身子不爽，哪怕深更半夜，倪主任都能帮忙联系各科专家，轻松问诊。其时，他早已是南京一流顶级医院开设著名专家门诊的科行政副主任，是南京医科大学、南京中医药大学、南京大学及东南大学医学院的教授了。但他总是那么气度平和，跟所有层面的同事、朋友融洽往来，还时常请我们吃吃重口味的"烧鸡公"……后来我才晓得，他父亲曾是苏北某市市委副书记、市人大主任，咋就一点儿看不出来呢？

谁爱风流高格调

汉江岸晚逢仙女

我二十多岁时,发了两篇小小说,武汉的一家杂志社就发公函让我参加他们为期一个多月的"改稿学习会",系统学学,尽早改变创作上的"游击"习气,向"学院派"靠拢。记得也就请了徐迟、苏叔阳等作家谈谈创作体会,编辑们讲讲投稿要求,大学老师聊聊名篇赏析而已。我跟上海来的梁芝鹤(后调江苏省交通运输厅编杂志了)、四川绵阳来的滕林住汉口二航局招待所。一间客房六个床铺,为

风雨过后彩云飞

了写作和交流方便,我们三人基本就把这房间包下了,整日价拿个小本子写写记记,满嘴"之乎者也",也就天把两天的工夫,旅客和招待所工作人员都知道这屋里住了几个"酸秀才"。

那天下午听讲座直到傍晚,我顺道在黄陂街吃了碗热干面,回招待所已是万家灯火了。暮春时节,又身处"火炉"城市,自是又热又渴,见宿舍水瓶里没水,便拿个搪瓷杯,想到服务员值班室讨点水。走近窗口,一看不是前天那位大姐服务员,而是一个年轻姑娘,身穿粉红色细花连衣裙,肩胛纤细而优美地呈弧度高耸,头发微卷,正埋头看杂志。

"同志,水瓶里有水吗?"我问,那年代还不大作兴喊"小姐"。

汉江岸晚逢仙女

"哦,有的有的!"姑娘扬起脸蛋,站起身,伸手来接我的杯子,可我微张着嘴巴,直手直脚地怔在她面前,早已惊异得说不出话来。

如果说二十多岁的我没见过漂亮的女同学、女同事,那是信口雌黄;如果说见过的女孩子有眼前这位姑娘漂亮,分明是一派胡言!写了大半辈子文章的我,到老了也闹不清该如何形容这位服务员的美貌,只能抽象地给出两个字:仙女!

"杯子?"她放了一双漆黑的眼睛,微笑着催我,雪白的皮肤中和了白炽灯暗黄的光芒。

"噢,不……在这……"我语无伦次地递上茶缸,

风雨过后彩云飞

她轻盈地转过身拿起茶几上的水瓶倒水,侧目望去,鼻梁挺拔、匀称,适中的身材勾勒出苗条而丰腴的曲线美。

"谢谢……"我忙不迭地接过杯子。

她莞尔一笑:"你是316的客人吧?有事尽管找我,我姓刘。"嗓音悦耳,呦呦,就像从清浅的池塘里刚拎出来的一样,还渗着晶莹的水珠呢。

当晚,我失眠了,没曾想在嘈杂的大武汉竟碰上这么一位貌若天仙的女子,门前浑浊的汉江水瞬间幻化成瑶池仙境……

"小刘,小刘!"我拿着一叠草稿,在过道里召唤她。培训班后期没有课上，杜治洪编辑说得明白，就是想腾出一点时间，让我们安心地写几篇习作。

"来了！又写好一篇了？"她兴冲冲地跑过来，一把抢过草稿，"放心，今晚下班我就替你誊好，明天一准送来给你！"晓玲姑娘从不施朱著粉，给人一种云淡风轻的清爽感，那会儿武汉业已入夏了嘛。

事情是这样的：她喜好阅读，跟我这个"业余作者"自是聊得投缘，我尽情发挥，把信纸上龙飞凤舞的底稿，托她格格正正地抄写在稿纸上，美其名曰让她当"第一读者"。咱俩的话题很宽泛，从过去谈到将来，看得出她是真心巴望我成为一名作家。说句通透的话，那会儿没什么"第一桶金""财务自由"之说，精神层面的东西占有相当的道德高度,在"三观"中呈碾压性优势,而刘晓玲崇尚的恰恰是个"形而上"。

"哎,你在南京我在汉,我俩相处为哪般?"一次在我们客房聊天(感谢梁、滕两位兄台!小刘一来,他俩立马借故溜得无影无踪),她似乎很不经意地轻轻感叹了一下,我却浮想联翩,美梦迭起,约她去逛公园了。

"嗳,不行不行!"她连忙摇头拒绝,任凭我说破大天——不,其实已经是争辩了。

晚上下班,我跟她在大街上默默走了一段,临别时,晓玲睃了我一眼:"明天去归元寺玩吧,我引你去!"

"真的，说话算数？"我喜从天降，刘姑娘伸出手指做了个打钩钩的调皮样儿。

当晚，我刚回到招待所，那位大姐服务员就笑盈盈地迎上来："你们年轻人真有趣，吵吵又好了？"原来她看到了完整的一幕。大姐慈眉善目，性情特好，记得起了个带"祥"字的略显男性化的名字。

翌日，晓玲陪我到归元寺、中山公园很是玩了一把，可不光是咱俩，她还带了个邻家小男孩。这里面噱头大很了！俺娘说，这丫头有料。是啊，如果单单跟个小伙子，而且还是她的服务对象"旅客"去玩公园，成何体统？而捎带一位孩子，事情的整副面目就改变了，同时似乎又把咱俩的关系做了一个很微妙的定格……

风雨过后彩云飞

　　三年后,我参加旅游报在"小三峡"召开的通讯工作会议,回途中在武汉逗留了一天,已"鸟枪换炮"的我住上了高档宾馆的标准间,打电话给小刘,她当晚就来看我了,还不失时机地帮我誊抄在游船上写的散文草稿。真是个春风沉醉的晚上哪!电视机里播放着细婉的女声小合唱《采花》:三月里桃花红呀似海……我静坐沙发上,欣赏着伏案誊写的刘姑娘,依旧是娟秀的脸蛋、优雅而微耸的纤美肩头……

　　她抄好的散文后来发表在《南京日报》副刊上,按汉口话讲"蛮长——",题目起得也憋足了韵味:《巫山云》。

　　人世间的"仙女",你看到没看到呢?

敢将十指夸针巧

"来，来，坐啊！"年逾古稀的小吴爸妈热情招呼着，一口地道的家乡话，听着舒坦；一席丰盛的淮扬江都菜，闻着透香。我和小王也就不生分地入座了。酒，是俺爱喝的五年陈绍兴花雕，酒波中飘浮着一层黄灿灿的生姜末子。

这是一栋民国老式洋房的二楼，窗外不远处就是我年少时与忘年交、晒图社老王把酒言欢的老宅子，掐指一算，整整二十年，没曾想如今却带着小王来此同饮。久违啰,尖角营!人生的巧合无处不在,且容我慢慢道来。

我个头不矮,可身长腿短,在商店买的衣裤没一套合身,将将就就三十来年了,这会儿眼见得交际面增宽,想量身定制一套好行头了。通过服装七厂诸增林厂长,结识了服装设计打样中心主任詹卫和设计师小蔡、小朱等一干朋友,詹主任瞅了一眼我的身材,说:"嗯,让小吴做。"他拍了拍我的肩膀,"量尺寸、裁剪、打样、成衣由她一条龙搞定,管保你满意!"

"太好啦!总共多少钱?"我连声道谢,作掏钱状。

"穿上身再说吧！着什么急？"他摆摆手，对里间喊道，"小吴，你出来一下！"

至今搞不懂，詹主任仅凭睃了我身材一眼，就判定小吴是替我做服装的最佳人选，难得的是，以后漫漫岁月里一再证明，老詹当时的眼力劲着实老道，真是"术有专攻"啊。

小吴来了，高个头、棕色发，鼻子尖挺，眼波泛蓝，有点西域特征；性格开朗，爱笑，俗话说，爱笑的女人运气都不差。她干活很麻利，十多分钟就量好了尺寸，然后向我挥挥手："一星期后来拿，说定了，藏青色！"甭说，是个爽快人。

一周后去拿西装，乖乖隆地咚，成建制的：西式衣裤小背心，配上硬领白衬衫，大气、洒脱得不行。小吴说："小马甲就代替领带了，你，不适合系领带的。"直觉不差，才接触两次，她就看出我是个诙谐、率性的人，着装不宜过于庄重。为表谢意，我热忱邀请他们几个在如意里一家小酒店吃晚饭。

"先干为敬！"我一圈敬下来，脸色酡红，酒意升腾，拍拍胸脯，"这身秋装太棒了！谢谢啊。以后，你们有什么用得着我的地方，尽管吩咐！"老套路，但答谢宴上还是要照例来这么一下。

詹卫笑道："客气了。我们能有什么事呢？这把年纪了，混混退休拉倒了，倒是小吴挺能干的，在我们这个小地方，埋没啰。"

从他们话语中，我了解到小吴跑业务能力也特强，打样中心的许多大订单都出自她手中，但服装加工业总体呈萎缩之势，利润稀薄，员工的付出和收入很不成正比，因而詹主任考虑最多的是以小吴为代表的一帮年轻人的前程大计。

我放下酒杯，瞥了詹卫一眼：椭圆型脸上，折射出宽厚与善良，唔，是个好人啊。再瞧瞧小吴，饭店服务员只要一推包间门，她就直起身，嘴里说着"我来，我来"，主动把菜盘接过来放好，第六感觉告诉我，这是个饮水思源、懂得感恩的好女子……

她当时有两个心愿，一个想调到她姐姐、姐夫所在的公司，那是个运营稳健、规格甚高的国企，

风雨过后彩云飞

跟她现在大集体性质的厂子咫尺之遥，同样在市中心上班，方便着呢。还有就是想把她读二年级的女儿从"很一般"的小学转到区里的名牌小学。

"噢，那敢情好，我勉为其难吧。"我嘴上应付着，眼光却上下打量着身上笔挺的西服，别说，穿上它年轻着呢，不像人到中年哪。

小吴毕竟单纯，回妈家就开心地跟姐姐说要调到她们公司，还说女儿也将转学了，且劲头十足地把我的冬装都做齐了，记得有一款人字呢大衣，披上特气派。俺大哥看着羡慕不已，盯着我要，可尽管身材相仿，一穿在他身上，鼻子不是鼻子、眼睛不是眼睛的，始终"架势"不起来，只好重新让我"气派"，足见小吴师傅的手工活是何等精细！

忽而一天，她情绪低落地来问小王，说我会不会是个"空心大萝卜"，压根儿办不了她的两桩大事？原来，她二哥是国企中层，跟我一个同事熟悉，打听到我在我们公司只是一个跑腿打杂的职员……好一面"照妖镜"，让我原形毕露！我无奈地苦笑：人托人的营生，跟俺的职员身份有甚干系？可原形是什么呢？反正，小吴拿到调令和女儿收到转学通知书仅相隔一天。

俺们扬州老乡就是知好歹，小吴爸妈听说后立即邀请我们去赴家宴，以示为情，呶呶，就是本文开头的一幕。那晚，好像小吴家人大多在，气氛热烈，只是没碰到她二哥，不过十二年后还是终于见上他一面，在婚礼上，小吴二哥跟我一位当领导的好朋友结成儿女亲家了！再后来，这领导朋友又来

风雨过后彩云飞

我们公司接替"李一把",你看这个世界小得、小得……简直不成样子!

八辈子都庆幸帮过小吴!我曾跟朋友雁局交心,说从不奢求人家回报,但碰上知恩图报的人还是那么宽慰和开心,是否自身修炼得不够?他淡然一笑:人同此心,心同此理嘛!那是!我儿子小时候得阑尾炎住院,小吴听说后立马跟俺内人轮班照应;小孩长得快,衣服跟着换,小吴赶着做……噢,对了,就在前年,武定门公园教授太极拳的任师傅说冬天晨练胸口要保暖,也就闲话一句,两天后她就把簇新的棉夹袄送来了,厚薄适中,舒坦暖和,其时已跟她三四年没联系了。

近三十年来迭经职工下岗、企业改制、资产重组、市场转型等波澜,小吴毫发无损,一直是单位业务骨干,还买了一套大宅子,令人啧啧称羡,其实我心里明镜儿似的,一个懂得饮水思源的人,人生道路哪能不顺当呢?

霜叶红于二月花

关于本文主人公,我曾写过一篇散文,总结她擅长保养,长相比实际年龄至少年轻十来岁,倡导女士们"像她那样生活",引来无数中年女子竞折腰。如今,我惊奇地发现,原本对她的认识还是流于浅显,她之所以能够"长生不老",端的是心灵能够感知未来,还随遇而安哩。

她跟俺三十多年前同时进公司,初见她时,一副青涩少女的模样,不可谓长得不好,只是没啥韵味。没韵味也不打紧，仗着年轻，还有股子无端的清高，呶呶，就是那位我主动跟她打招呼，轻蔑地用鼻音"哼"了一声的佳人……

辩证法再次显示它的超强威力："联系的、发展的、发展变化的根据是内因"的观点，次第在我们交往中诠释开来。记得我结束企业改制刚回公司的第二天，在电梯里与她不期而遇。

"哎，你好你好！"她热情地主动招呼我，"借调出去有两年了吧？"

"刚好两年整。"我有点诧异，"女皇"级别的女人咋这么客气？

"一直想去看看你，可这年把年学习紧得够

风雨过后彩云飞

呛!"原来,行伍出身的她,近年来利用业余时间,攻读本科学业,马上就要毕业拿文凭了。我下意识睃了她一眼:与做姑娘时清秀娇嫩相比较,平添了几缕馨香与成熟,而这种变化又肯定不是岁月造成的,那会是什么呢?

"本周找个时间,替你接风,再把杨俊、小王一块叫上。"她似乎很诚恳地邀请道。

"不客气,不客气!"我有点受宠若惊,又不太习惯,于是摇摇手,谢绝了她的美意,匆匆溜进办公室。

别说,还真不是客套,她看我不肯吃饭,未几恰好又逢端午节,便送了一条"红中华"香烟、一

霜叶红于二月花

大扁瓶子的XO洋酒（至今还在咱酒柜里放着呢）和一盆"九子大花蕙兰"给我，算是了却了鼻音"哼"了一声结下的梁子。看着周遭同事拎着粽子、鸭蛋、绿豆糕等"提篮小卖"忙进忙出，瞧瞧俺脚下绿叶黄花红芯、生趣盎然的花卉，一股典雅高贵的感觉骤然升腾……其时，俺们职级相当，我坐三楼，她在十二楼。

漫漫人生旅途中，我号称有"三不解"，最大的不解就是这档子事，因为也就两三年的光景，我成了她所在分公司的头儿。未曾想她干活也是一把行家里手，操作精细，效果厚实，因而连续三年考评，她均获"优秀"格次，立了三等功，还先后到三亚海滨度假村休养了一把，赴英格兰考察了一番，奔德意志培训了一次，很快便升任民企中层副

风雨过后彩云飞

职了……

　　越想越邪门：在两百来号人、二十九个二级部门的公司，她何以知晓八竿子打不着的咱俩会在一起共事而先行对我礼遇有加？我还听说，当我以一落魄职员，从借调基层、跌跌撞撞、踉踉跄跄重回公司之初，她就悄悄跟前文提及过的那位杨大姐私语："这人回来，没准后面就要来当我们的顶头上司！"而她当时的头儿绍兄，正春秋鼎盛，在大洋彼岸考察学习新型业态和总部经济等尖端学问呢。

　　我联想起另外一个曾经的女同事，因年轻，唤作女生吧。上世纪末，一度赏识我有"白手起家"能力的胡股长提职调离后，我在职场更是每况愈下，相当地窝囊而不受人待见，大家普遍看好一位被领导称作"百里挑一"的青年才俊，唯独这位女生对我说："甭管旁人怎么看，其实你和他（指才俊）都很优秀，只是长处不一样而已。"她为能跟我们"二优"结识而庆幸,并手书"小女子夫复何求？！"小条儿……莫非前后这两个女人真有相面的道行和识人的慧眼？网络上常有"高手在民间"的戏言，其实有时候女人的直觉蛮灵的，尤其愈是娟秀的女人，愈灵验……

闲话少说，还是让我们回到"霜叶"话题上。当中层副职多年后，她的年龄也偏大了些，她的部下们已纷纷崛起。情知职场发展潜力有限的她，淡定地笑了，笑得那么释怀、那么轻盈、那么通透。她开始心无旁骛地做具体工作，朝九晚五——不，晚六，相当地规律。

风雨过后彩云飞

"咦？你怎么会在这儿？"一天傍晚，以"调研"为天职的我，习惯地在中山东路新华书店里逛，碰巧遇上她，不免好奇地问。

"难道就该你作家逛书店，我们就不配啊？"她撇了撇嘴唇，手上还捧着一老钵子高考辅导读物。

"噢！"我恍然大悟，"你是在盘儿子的学习啊？"掐指算来，她孩子就要高考了。

"说对啦，"她笃定地说，"少年强则中国强，孩子出息了，家庭就兴旺嘛！"性情还是那样轻松欢快。

"那是，那是！"我嘴上打着"哈哈"，定睛打量了她一下：身着红色细呢职业装，折射出窈窕腰身；肤色光鲜细腻，眼神柔和清朗；举手投足，优雅得体，这、这哪像"奔五"的人哪……

时光的流逝犹如湍急的小溪，我悠游林泉已然四年，今年端午节前到公司，得知他的儿子已考上重点大学的研究生，不消说，这与她"陪公子读书"的付出互为因果。

"祝贺，祝贺！"我直拱手，心里透亮：还有什么比孩子学业有成更能体现一个母亲的成功呢？

"一般，一般！"她眼里眉里尽是笑，还用手捏了把丰满的鼻子，让它扭曲成一团，松手后又恢复原有的轮廓，女人味十足。

风雨过后彩云飞

"这下,你的年龄又要定格几年啰!"我调侃道,记得上南京中医药大学时,妇科老师说过,保持年轻的容颜,心态至关重要。

她粲然一笑,还是十多年前的范儿,看来长相"不老妪"比政坛"不老翁"更让人羡慕啊。

离开公司,我漫步于小王府巷的老街上,这是元文宗当年就藩南京时的府第,他爱读书,有文才,是元朝帝王中的翘楚,难怪能以一被贬王爷的身份,逆袭而为大元皇上呢!还是读书好啊,我情不自禁吟诵起元文宗那首有名的《青梅诗》:"自笑当年志气豪,手攀红杏寻金桃,滇南地僻无佳果,问著青梅价亦高。"

不如怜取眼前人

"拜托,你还能别在桌上择菜?脏兮兮的……"看见老婆把刚从菜场拎回来的一大把苋菜往饭桌上一摊,我几乎要吼起来。

"这有什么,到时抹布擦擦不就得啦?"她满不在乎嚷道,"就你穷讲究!"

记得我小时候,俺妈和邻居大婶们择菜都是菜篮子放地上,择好的菜放水盆里。可老婆倒好,嫌弯身择菜累,干脆放餐桌上择,过去倒也罢了,现如今"新冠"疫情闹个不休,专家们整日价提醒讲究卫生,这田地里刚刨上来的蔬菜,慢说带着泥土,光是农药残留就够你喝上一壶了!

哎,"庄稼不好一季子,老婆不好一辈子",这就是命哪!

老婆打小在凤凰山铁矿长大,邻居多为山东和徐州铜山县人,耳濡目染,自然也带有几分北方习气,比方说爱吃馒头、煎饼、水饺和面条等面食;冬日里还爱搬个"马扎子"(小板凳)晒太阳,说小时候就在山脚下一溜儿平房的"焐山头"(墙拐角)处晒太阳,可暖和呢!她买回的生鲜鱼肉、瓜果,习惯往冰箱里一扔,生熟混装,毫不介意,你向她提出来，她回答得振振有词："都有塑料袋裹着，它们会长腿跑出来啊？"一句话呛得你差点鼻子不来风。

"这日子没法过了！"我往桌上喷着酒精，反复搓擦，一边放出狠话。

"像你这样神经过敏，日子还真没法过！"她反唇相讥，毫不示弱。

几个回合下来，她干脆饭也不烧了，我只能天天吃外卖。别说，老是碰碰磕磕很伤感情的，终于有一天，她提出到拆迁安置房彩霞街高层小区去单住。

风雨过后彩云飞

"不过你要贴钱,我就拿这点退休金。"她提出。也难怪,国营南北货商店内退女职工,养老金着实单薄了点儿。

我眼睛一亮:分开过也好,眼不见为净嘛!于是连忙答应:"那是自然,那是自然!总得让你日子过得滋润才行!"我脑子里瞬间浮现出"请个钟点工,房间窗明几净,每顿饭菜别具风味,高兴时再弄杯小酒咪咪,不晓得多快活!"的幻景。

那天,我顺道去旭日上城看孙女,搂着她不住亲她的小腮帮子:"俺家11真讨喜哟,聪明伶俐。"

上次看她后,让她跟爷爷说"再见",她却答非所问,冒出句:"爷爷,我爱你!"当时把我感动得鼻涕拉呼,舐犊情深的老人最好"隔代亲"这一口。

孙辈是我的至爱,对儿子、儿媳也还满意。儿子从河海大学毕业后考入亚洲名校庆应义塾大学读研,回来后先当教师,后干脆自己办了个外语培训中心,近年来虽迭遭疫情影响,依旧运营得不错。儿媳自东南大学毕业后考上本校硕士生,毕业后就职于国家交通部所属事业单位,她性格和缓,带孩子极具爱心和耐心——对我这个"爷爷"呢,一到冬季,小俩口就把从鹤龄大药房买来的冬虫夏草送来了,应了俺老娘生前一句口头禅:"儿、媳个个孝顺!"顺便说一句,虫草真是个好东西,鼓楼医院姚主任跟我说,她不相信任何中医中药,唯独对虫草的神奇功效深信不疑。我自有体会,爬山游泳、垂钓跑步,虎虎有生机,压根儿不像年过花甲的老

风雨过后彩云飞

人哪!

"来,跟爷爷再靠靠!"我举起孙女,看着她那双清澈而熟悉的眼波,内心蓦地一阵紧缩,思绪把我拉到老远老远的青年时光……

一次偶然的机会,我在花园路结识了一位年轻女子,眼波清澈可鉴,鼻梁挺拔,鼻孔呈弧度优美地弯曲,身材纤细修长,爱穿绿色套裙,容貌娟秀,气质高雅,让我怦然心动,于是奋起追求。她单名一个"红"字,我喊她"小红妞"。

小红妞见我出口成章,谈吐不俗,交往的朋友也还勉强算得上"谈笑有鸿儒,往来无白丁",也就不在意我衣着邋遢,身无长物,跟我好上了。那会儿,既没奖金,也没搞"阳光工程",我整个儿是个"穷小子",手头紧是常态化的,只好不时跟她要点零钱花花,还托辞道:"不喝酒抽烟,这文章就写不出来。"于是,她干脆常常买"红中华"给我抽。

记得有一次她到公司找我,被科委王淑宁撞见,连声感叹:"好秀丽啊!"淑宁夫人跟小红妞同姓,系"在河之洲"的八卦洲长大的,取了个带"凤"字的芳名。小红妞在家是老巴子,脾气倔强,说话刚硬,如果说她是凤凰山上的"红辣椒",那性格舒缓的凤儿就是扬子江边的"水凤凰",我跟淑宁也就戏称连襟来着,两家人常一块儿吃炒芦蒿、荄儿菜、马齿苋,喝酒聚会,这些可都是"在河之洲"出了名的"野八鲜""水八鲜"啊。遥想当年,俺跟小红妞感情端得不错,本世纪初她生日那天,我

风雨过后彩云飞

还挥洒文墨，特为写了篇散文，唤作《永远的彩霞街》，发在《南京日报》上了。

老婆比俺小好几岁，长相也还年轻，如今"奔六"的人了，喜好旗袍秀，常常外出"走秀"，给一帮妇女示范讲课。哎哎，就在前几天老同学聚会上，我们朱班长还夸她气质好呢，提出跟她合个影，"摄影师"居然就是朱班长的夫人忻老师，你看这个世道整个、整个……

"彩霞街房子那么小，咋能住哦！"我故意一声叹息，不知怎么，最近一段日子心灵老是被"忘记过去就意味着背叛"的格言抑或说是魔咒缠绕。

"算了，你来当家吧，每月给我点零用就行了！"

老婆贼精,早听出了弦外之音,也不提单过了,"我马上要学茶艺、书法、摄影和葫芦丝呢,没空烧饭了。"

"要多少零花钱呢?"我的小眼睛立马警觉地滴溜溜转动起来。

她笃定地展开一只手掌,向我的眼前缓缓伸压过来,我吃惊地叫道:"五指山哪……"得啦,她这"黑虎掏心"般的狮子大开口,这个家,俺不当也罢!

我的养老金靠工龄,她要的零用钱凭婚龄,这样算来似乎也没啥不妥……

是吧?

风雨过后彩云飞

莫笑农家腊酒浑

有个徐姓好友,跟我年龄相仿,退休比我早几年,盖因是部队大校,没升将军,于是就按规定退休了。

"首长啊,退休大半年了,还习惯吗?"记得一次谋面,我问道。这可不是闲话一句,挂预备役上校军衔的我,没几年也将退休,听人说,上班惯了,乍的一下没事干,会犯一种"退休综合症",有很长一段"不应期"呢。

"我觉得很好啊!"徐长官呵呵一笑,"上午健健身,午后小眯会儿,喝喝茶,读读书报,晚上自斟自饮几杯,看会儿电视,睡个囫囵觉,多爽!"

"好自在!"看他轻松快活的样儿,我似乎被同化了,有种跃跃欲试的新奇感。

这会儿退休了,第一爱好就是小酌。年逾花甲之人,酒菜的"阵仗"自是历经久矣,不过最觉酣畅而又别开生面的却是一顿"撞酒"——选日子不如撞日子的豪饮。

退休后一个春风和煦的午后,我闲来无事,漫步杨柳依依的秦淮河畔,从东干长巷绕公园出武定门,不期在江宁路地铁站与一位老友打了个照面。

"哎呀,王兄!"我惊喜地双手抱拳,"多年不见,一向可好?"

"怕有十年没见了吧?"他也颇觉意外,"还在上班吗?"

"刚退!这不,每日万步走,活到九十九嘛!"我指了指身上的运动衫和簇新的旅游鞋。

"太棒了!"王兄拍拍我的肩头,一副大喜过望的样儿,"我们可以常常喝酒打牌啰!"

王兄是北方人,父亲早年投身抗战,随军南下,以师职干部离休。王兄自小当兵,后转业至工商系统,本世纪初机构改革,性情中人的他干脆提前退休，早早过上了悠哉游哉的生活。他退我进——那会正是俺打拼事业、紧张忙碌的当口，俩人自然多年不曾往来，没想到今天会在大街上不期而遇。

"走，走走！选日子不如撞日子，到我家去喝两盅，好好聊聊！"王兄热情地拉着我就走。反正闲着也是闲着，我就随他摆布，钻进地铁一下到了马群余粮庄附近一个小区。

"余粮庄？"我念叨着，想起了俺爸生前多次提及的百年往事：俺曾姑奶奶在太平军二破清军江北大营时，随千余名清凌水秀的扬州少女一道，被大军裹胁着由栖霞江面渡进天京城，嫁给某王爷，可好景不长，没几年湘军破城，曾姑奶奶趁乱逃到中山门外余粮庄，改嫁孙姓人家以避祸。在祖父的催促下，打日伪时期起，俺大伯和父亲就数度到余粮庄探访，却始终没找到"王妃"的后人。上世纪末，朋友程永胜带我到余粮庄钓鱼，好家伙，鱼塘老板、饭店掌柜、接待的农友，一桌十多人，除了我和小程，夯不啷当全部姓孙，原来孙姓在庄上是第一大姓，难怪俺伯父他们找不到北呢。我只得口称"老表"，频频敬酒，没准他们还真是"王妃"的子子孙孙哩！

如今余粮庄已修建成一条宽广的大道，不过道路两侧依旧荒芜，杂草丛生，泥石狼藉，垄坡上稀稀疏疏的油菜花在春风中摇曳。看我环顾田园风光，王兄自嘲道："我们这会儿已经是乡下人啰！"

"那你老白下的房子呢？"我记得真切，当年我们常到离他家不远的三条巷春雅饭店聚饮。

风雨过后彩云飞

"给儿子住了,他们上班方便些。"他边说着,边把我引入他家。"老婆,整两个小菜,我跟兄弟喝两杯!"一进屋,他就嚷嚷道。

"巧了,今天蒸包子的。"嫂夫人客气地跟我打招呼,"先喝点茶,饭一会就好!"

还没聊一会儿,一席简朴的农家田野本帮菜便跃然餐桌:一大屉韭菜粉丝肉糜馅儿的大包子,韭汁浸透面皮儿,一咬一冒油;一碟腌野蒜(小根蒜)拌剁椒,重口味;一盘小葱花涨蛋,喷香的;热乎乎的炒花生堆放桌面,像小山似的;一坛朝天椒浸包菜、豆角、白萝卜泡菜,酸溜溜、辣丝丝;更绝的是菜盘间放着一砂锅小米粥,黄澄澄的。

莫笑农家腊酒浑

"来来,先喝口粥,养养胃!"王兄替我盛上一小碗小米粥,又筛上一盅气味浓烈的白酒,我看了下牌子:"黑土地",北方高度酒,别说,口感好,味道醇,咬口包子呷口酒,喝口稀粥夹口菜,喝猛了剥剥花生壳,聊聊"想当初",感觉好得无与伦比,什么鸡包翅、帝王蟹、这酒那酒……仿佛人世间的任何美味都不在话下。

可谓"酒逢知己",一合计,咱哥俩喝了一斤半烧酒,吞了八个菜肉大包,灌了一锅小米粥,吃了六个炒鸡蛋……

往后的日子里,我常念叨:王兄咋还不喊俺吃家宴?自己先开口吧,怪不好意思的哟。

思娘亲，礼佛观音楼

俺娘一生信佛，早年进香河汨汨流淌，母亲常跟邻居大婶们结伴而行，从北门桥乘船到鸡鸣寺进香。鸡鸣寺在晚清后又称作观音楼，可能年代相隔较近，所以上一辈的老人都习惯把这座庙宇叫作观音楼。到了晚年，俺娘更上一层楼：每逢初一、十五吃斋诵经，家里供奉的观音菩萨妙相庄严，香炉轻烟缭绕。

"佛教就是一门哲学，信则灵，不……"一次

思娘亲，礼佛观音楼

回家看母亲正虔诚念佛，我不禁自言自语道。岂料我话还没讲完，正襟危坐的老娘猛地从棉垫上颤巍巍站起来，连声作揖道："你这话不作兴啊不作兴，观音大士是很灵的！"

我自知失言，连忙捆了自己一下嘴巴："对对！阿弥陀佛，大慈大悲的观世音菩萨！"看着年近八旬的老母乱了方寸，我颇感内疚：老人精神有所依托、内心平静不是晚年生活的最高境界吗？

可能看出问题的严重性，母亲中午一边看着我吃饭，一边做过细的思想工作，叮嘱我要积德行善，多进香拜佛，纵使福未至，祸已远离了……

不久，我奉老娘迁居俺置办的三开间新宅子，

风雨过后彩云飞

宽敞明亮，母亲开心不已。岂料祸福相倚，一天母亲不慎跌了一跤，大腿骨折。本来也没啥，可能在病房久卧不动，血脉不通，一天深夜突发心脏病而登仙籍。我们伤心不已，不禁仰问苍天：如此善良的老母，怎么就走了呢？后来听护工讲，母亲走得虽则突然，却也平静，没丝毫痛苦，自然"久病床前无孝子"也就成了伪命题。我悲痛之余，冒出个新的想法：老娘得善终，是否源于常年念佛修来的一份功德？

一晃十多年过去，退休后的第一个劳动节，也是母亲忌日的前晚，我沐浴更衣，不啖腥荤，于翌日清晨拾级而上，来到林木葱茏、绿荫环绕的观音楼礼佛，手捧平安香，口中念念有词：一愿众生安宁，二望先人安息，三求家人安康，然后照例捐上"功德"

思娘亲，礼佛观音楼

百十元，因为我晓得，这是对仙逝的老母亲最好的告慰。以后年年如此，谓之"春礼"，腊月里还要来一次，唤作"冬礼"。

"您好，我是小厨娘小周。"一天，我忽然接到常去就餐的饭店店长电话，请我帮他个忙，说他们公司定制了一批月饼，每个店都有任务，让我无论如何买一点。

"这个，这个，月饼太甜，再说我买盒把盒，对你也于事无补啊！"我直抓头皮，但这位周店长往素服务一向热情、周到，我又不便拒绝。想着想着，一枚火花猛地从心灵深处爆裂开来，连忙对小周嚷嚷："你放心，我一定买，等会把数量发给你！"

风雨过后彩云飞

"真的太感谢您啦!"年轻的店长喜出望外,电话那头听出他激动的喘息声。

进香拜佛固然属于传统习俗和文化范畴,但毕竟是形而上的,再来点扎实可见的"行善"之举,在另一个世界的老娘肯定很开心。于是,我除了把送兄长、老亲家和老领导的节礼算上,还多订了若干盒,强调这"若干盒"月饼一定要新出炉的,且附发票,以便追溯。

那是个秋高气爽的上午,顶着飒飒西风,我奋力登上了陡峭的祖堂山——因为我知道,爱是不能忘记的。我把几盒特新鲜的月饼交到了社会儿童福利院,漂亮的小宣科长替我开具了收据,还热情地向我道谢,一边送我出门,刚说了声"再见",我却猛然一拍脑袋瓜，转身对她喊道："且慢！"

宣姑娘吃惊非小，蛾眉竖起："怎么了？"

"哦，是这样的，"我抱歉地笑笑，补充道，"我还想捐点款呢！"是的，区区几盒月饼，也太小儿科啦！

宣科长优雅地笑了。我捐千元，她还发给我一本红艳艳的"爱心册"，并认真地签上名、盖上章。其实，所捐钱款也仅够铺一平方米的草坪，可工薪阶层的我好想告诉孩子们：友爱是一片生生不息的芳草地。牵紧手，朝前走，迎接你们的将是如茵的未来！

泪眼婆娑中，我一步步走下岗去……

风雨过后彩云飞

以后每年儿童节,我都要走访福利院,不同的是接待我的秀丽的宣科长,换成了热诚的潘姑娘。

可崇尚精神享受的我,又岂能忘记"当行本色"?一天,从家门口文枢中学路过,看到莘莘学子着统一校服进进出出的情景,内心蓦然一动。当天下午,我便买了一大摞文艺新书,加上省作协新寄的若干本杂志,跨进学校捐书来了。

"谢谢,太谢谢老师啦!"接待我的是校团委张书记。一位高大英俊的体育老师。他还给我出具了捐书证明,我爽快地一搓手:"不用啦,以后我会常常来的!"我指了指"老师阅览室",其时,我已把自己出的三本文集悄悄上架了。嘘——

杨海龙教使钩镰枪

说到钓鱼,我在"知青"那会儿就玩了,不过手法很土,砍一节青竹竿用火烘烤,焙直了,再用鹅毛管剪几截当浮子,跟农家大嫂要几米缝衣线,到小队部会计室"顺"几根大头针一弯,拴在线头,钩上遍地可挖到的蚯蚓或臭烘烘的白蛆,往村头的锅底塘一沉,也就个把小时的工夫,什么"翘嘴白""鲤鱼拐""乌鱼苗""金昂刺""小青鲫",杂七杂八的鱼儿也能混到斤把两斤,比起冬尼娅看保尔在野塘里垂钓,那是强了去了!

风雨过后彩云飞

蹊跷的是，我一旁也有个叫冬琴的村姑，她爸在林场工作，其长相与林务官家的千金冬尼娅有的一拼！只可惜后来嫁到大山里去了，我曾为她写了篇散文《小琴》，发在《银潮》杂志上了。自然，柯察金同志也不会晓得，我后来也加入到"布尔什维克"和由红军演变而来的解放军序列里去了。

闲话少说。退休后一个春寒料峭的早上，我跟朋友四子到江宁"金三灿"农庄垂钓。好家伙，渔翁们早已鸟枪换炮，一应高尖端的新设备。台钓，稳坐色彩斑斓的封闭式水箱，串上红泥诱饵，鱼竿在水里一点，就是一条鲫鱼，一小时十多斤，立马收工，把鱼儿往箱子里一倾，发动吉普车绝尘而去；筏钓，用只小划子，荡漾到水中央，支好看似复杂的筏钓竿，钓上的各种鱼儿块头歹怪得大；刷竿，

杨海龙教使钩镰枪

竿头拴上一窝蜂的连环钩,也不上饵,往水面一抽,偌大的草混、肥硕的大头鲢时常能"刷"到,钩住鱼头、鱼背、鱼尾……都好使!我决意学点垂钓新技术。

那天,朋友杨海龙带我到江北老钱渔场,还送我两根"骑马挎枪"的名牌鱼竿。

"工欲善其事,必先利其器。"海龙信手把我几支破烂不堪的鱼竿扔进了草丛中,开导说,"要想增加鱼儿上钩的几率,至少要用两到三个钩子。"

"钩镰枪?那敢情好!"我欢喜不迭,特享受鱼儿咬钩时那种沉甸甸的手感,于是双手抱拳,开玩笑道,"还请先生教导寡人则个!"

风雨过后彩云飞

　　海龙也不搭腔,把鱼竿串上十米长线,又麻利地拴上铅砣和三枚9号大鱼钩,诱饵是块状火腿肠,往鱼塘里撒了点饲料,然后不慌不忙地把钩线抛入水中央。

　　"来,你钓!"他把"骑马挎枪"竿往我手中一杵,就扬长而去忙自己的活了。

　　我双手紧握鱼竿,抖抖乎乎地盯着水面,估摸十多分钟,忽然鱼线猛地被往水底拖,我被牵引着跑了几步,不禁失声喊道:"上大鱼啦——"话音还没落,鱼竿又觉得轻飘飘的了,只见水面一阵波涛翻滚,鱼儿脱钩,拎起的竿头只剩下三枚晃荡的空鱼钩。

杨海龙教使钩镰枪

"不是这么玩的,老兄!"海龙不知何时来到我身旁,"别灰头土脸的了,我先替你钓一条试试!"他接过鱼竿重新摆弄起来,我怔怔地一边歇着。

不服不行,也就三五分钟,海龙手中的鱼竿就呈弧型地慢慢画上一个半圆,他紧绷竿子,满面黑红,费劲地跟水中鱼儿僵持着,时而还就着鱼儿翻滚的方向移动脚步,好家伙,足足折腾半个小时,终于"蛟龙"吃力地浮出水面,张大着嘴吐着水沫沫。

"快抄吧!"海龙努努嘴,让我拿起大网兜,迎头把十多斤重的大青鱼给抄了上来。

"高手,厉害了!"我直竖大拇指。

风雨过后彩云飞

　　海龙一边装诱饵，一边告诫我，鱼儿上钩要猛地把鱼竿成直角形提起，这样就钩紧了鱼的嘴唇，很难滑钩的，然后再跟它慢慢揉，直到它精疲力竭，自然可轻松拉到塘边。

　　金石之言哪！按海龙的法子，那天我居然钓到两尾青鱼，一旁的红斌兄弟连夸我"出师了"。打这以后，我常扛着"钩镰枪"纵横大江南北、秦淮内外去独钓——人家都上班，哪像我这"无事佬"呢？不过多有斩获，有一次还一竿钓上两条大鲤鲫，俗称"鸳鸯拐"。

　　我有个老哥马小飞，钓鱼属于"瘾大水平低"的序列，一次我们结伴去南河渔庄垂钓，他看我刚到晌午就鱼满篓，于是中午吃饭时特为坐我旁边，向我讨教。我如实相告，此乃杨海龙教导有方，这一下非同小可！他立马嚷嚷："下个周末你一定约这杨大师钓鱼，我请客！"

我满脸酡红，趁着酒兴连连摇头："人家现在可忙呢，哪儿有工夫？！他前年春参与带队支援大武汉，如今早已在南京一流三级甲等医院当上大官啰……"

马哥哥惊得没有话说。

胡庸医乱用虎狼药

"最近身子一动就出汗，内衣都湿透啦，不赶紧换衣服又怕感冒，怎么弄啊？"公司的一个女同事给我电话，求医问药。

"你这叫表不固，"那当儿，我正在武定门公园跟太极拳友们一展拳脚，听手机响，只得收起了"玉女穿梭"招式，"你到中药房买点上好的黄芪饮片泡水喝。"私下嘀咕，更年期也会多汗的，但不便直说。

胡庸医乱用虎狼药

"好,好!"她连声称谢。此人笃信中医,我过去常带她到市中医院医务处找杭主任、汪主任等专家替她把脉看病,这会儿我退休了,她干脆每遇身体不适就向我问诊,却是为何?说起来话就长啰。

早在读高中时,电台里常播放扬剧《野马追》,俺们老乡高秀英的唱腔着实令人陶醉,剧情也有趣:赤脚医生红梅用一把叫"野马追"的草儿,就治好了二嫂儿子的肺炎。太神奇了!我当时就爱好上了,用坛坛罐罐种了紫苏、麦冬和高丽参等一老钵子草药。后来插队,住大队部,大队中医孙达波在院落里晒满了各种草药,耳濡目染,我对中医药知识也就掌握了些许皮毛。

九年前,我无意在一本杂志上读到,开国元勋中有一位大帅,但凡小毛小病从不找医生,都是自个儿摆弄些中草药服服,居然屡试不爽。

"着哇!"我一拍大腿,率性的特质又上来了,当即跑到南京中医药大学报了中医学专业就读,因为读第二本科用不着考试的。近三年毕业后,文凭上赫然签着校长胡刚的大名。

精绝啊!入学后,每有疑问我会向公司外事部门的小胡讨教,她是个学霸,上的是最好的北京中医药大学。她告诉我,传统医书上几克的草药剂量已不适应现代人了,必须加量才奏效,这为我惯于"下猛药"壮了胆。上学最后一学期是实习,除了"内外妇儿",我又想重点了解一下"口腔科学"的临床诊治,因为俺的牙周病历时弥久,每逢春上牙龈就上火。我请市卫生局审批处的胡处长，联系了口腔医院门诊办的胡刚——瞧瞧，又是位胡刚先生！巧的是这个医院院长叫胡勤刚，而卫生局长出身的分管市长也姓胡。得啦，咱习医就绕不开个"胡"字，加上又跟我姓氏的声母相同，于是人家戏称我"胡大夫"，我也就默认了，业余爱好嘛，何须顶真？

一天，到公司理发，见同事杨俊猛然打了一个喷嚏，如雷贯耳，甚见力度，房门似乎都被打开了一道缝隙。

"感冒了！"他用抽纸不住擦拭着鼻涕眼泪，咳喘着说，"马上去买点感冒药，不过，也只能晚上吃了，下午还有活儿，不能打瞌睡。"

风雨过后彩云飞

"且慢!"我一声断喝,"你把舌头伸出来我瞧瞧!"天不冷,他还捂个羽绒衫,我已有几分计较,果然,他露出了白薄舌苔。我忙说:"莫服感冒药了,去君和堂配几副小青龙汤颗粒,包好!"用经方安全系数高,这就是跟野郎中的本质区别。

"君和堂?不就在前头三元巷吗?好,我一会就去!"对老哥我的话,杨俊深信不疑,退休前,就是他来接替俺当股长的。

别说,翌日下午他就打来电话,说咳喘好多了,夸我"有两把刷子"。我嘿嘿一笑:"熟读王叔和,不如临症多!像你这般外感病,我一年少说也要治他个二三十号人!"我把人数提升了十倍,摆出资深医家的老道。

胡庸医乱用虎狼药

二哥年过古稀，有慢性前列腺炎，最近小便有点不畅。这会儿正闹疫情，又不想到医院，而且药房里也不卖抗生素之类的药了。我立马像猫儿闻到腥一样地凑上去："要用大药！用冬瓜皮和茯苓炖水喝，我这儿有地道的茯苓、黄芪块儿和鲜玉米须呢。"我手头病员稀缺，专找亲朋好友下手，还时常免费赠药，医德堪比叶天士。二哥"冬瓜皮茯苓汤加减"喝了三天，果然顿显利尿通淋之功效。成就感让我飘飘然、昏昏然，恍惚中觉得就有人会送一块"妙手回春"的匾额来。

今年开春，老婆牙疼，哼哼呀呀地睡不着觉，我也不管什么经方不经方了，甩起来就抓一撮细辛草让她嚼着，不知怎么，一会她说嘴里发麻，似乎还泛白沫，不妙！细辛有毒，用量大了，赶忙让她

风雨过后彩云飞

吐掉漱口，还电询我中医师父李永教授，他说不大碍事，不过像半夏、天南星之类有毒的草药，还是要用甘草等配伍较为稳妥。我想起在学校时朱垚老师也说过，细辛可以治牙疼，但用量要适中。朱老师是国医大师周仲英的关门弟子，他的谆谆教诲，咋就忘记了呢？我捆了一下自己嘴巴，愧疚对老婆下"虎狼药"已非一日之功：有回她喉咙哑，我拿了好几枚"胖大海"让她泡水喝，结果搞得她脸赤红、面滚烫，连骂我"你个胡乱用药的胡庸医"……

"唉，还是半调子啊！"我喟然长叹，封存了俺的小药箱，扔掉了常备的中草药，安下心专攻《黄煌经方使用手册》。黄煌是我李永老师的师父，这样算来就是我的"师爷"，尽管年龄只比我大得有限。

可以调素琴，阅金经

学文科的，对历史的兴趣自是超乎寻常。电视剧、电影，我挑古装的看；读闲书，案首、床头都是放了十多年的《红楼梦》《官场现形记》和当代唐浩明的《曾国藩》《张之洞》——不知怎么，这位校友作家也有十多年没出新的历史小说了，教我心里空荡荡的。

明清影视剧和小说中，"别院""花厅"出现的几率极高，我考究了一番，原来都是士人，也就是读书人的雅兴和生活品位。别院是指除了城里的住房，在郊外还有一所宅院，可以理解为如今的"别墅"吧，是用来休假和亲近大自然的所在，当然城里城外，房主都是他。花厅呢？是客厅以外的旁厅，也就是小客厅，很有特色。

正房一般坐北朝南，中间为主客厅，也叫"中堂"，正对着通向宅院大门的过道，通常不摆酒席；餐厅又小了点，更主要的是，古人的内眷是不出面应酬的，需在餐厅里用膳，故而宴客的重任就"历史"地落在了花厅。古人讲究凡事成双，虽建有舒适典雅的书斋，却愣要配个外书房，这外书房就设在花厅，有文房四宝和几本常用的典籍。还有呢，花厅大多东西向门窗，天井或院落两侧的花坛离之最近。想想吧，饮酒行令、赏花品茗、谈诗论文，还有比花

可以调素琴，阅金经

厅更雅致的地方吗？嗨，古代士大夫就是这么玩的！

退休第一天，我拿个算盘，打开电脑，铺开纸笔，史学数学逻辑学一起上：我读过一个专科，两个本科（其中一个全日制），还评了个副教授，怎么得也处在明清时的童生和秀才之间吧？举人、进士是稀有"物种"，比当今的博士后金贵得多，咱就不去攀了。坐实了"读书人"身份，我热血汹涌，猛地一拍桌子："来人哪，看茶！"

老婆这会正端一盘冬枣嚼着，看着电视，听到我的吼叫，唬了一跳，枣儿滚落了客厅一地。

"你疯了，嚎什么？"她不耐烦地反问，与"相公"我的学问相比，她就是个"文盲"，可"丫头的资质主子的命",奈何她不得。

"娘子,且听我说,"我放下身段,嘻皮笑脸地捡起枣子,顺便把我要改造阳光房的事儿说了。

"你用你打扫,反让我省心。"她蛮干脆,家里清洁由她做,阳光房有十多平方米,这一来倒替她减轻了劳动量。

说干就干,咬牙把阳光房原有的物件一应扔掉,掏出仅有的一点"体己(私房钱)"置办了一张大小适中的方桌和四把条凳,摆上福建小巧功夫茶具,柳藤吊椅旁立着一盏雪亮的落地灯,墙壁上悬挂了原八一制片厂厂长彭勃将军写的《枫桥夜泊》墨宝,笔法老道,苍劲有力。阳光房西北两面玻璃墙,单薄、通透,冬冷夏热，除了地暖外，我又增设一台大功率挂壁式空调。朝西，原本就正对着一垄几平方米的船形花坛，高耸着一株细长的香椿树，这会儿我又请花匠栽上月季、大丽、栀子等花卉，色香俱全，花坛中间装有自动旋转喷洒水龙头。春秋天晚霞映照，阳光房——不，本秀才、从九品士人的花厅简直是绚丽无比。

"来，来，请到花厅叙话。"老部下小班，从安徽老家捧来一株牡丹花，我喜之不胜，连忙请他看座用茶。

"好雅啊！"小班直挠头皮，惊奇得不知用什么语言来赞美……

"老婆，快做几道精美小菜，助我等小酌几杯！"

风雨过后彩云飞

老友造访,面对花儿一<u>丛丛</u>,谈兴更浓,但也不忘布下碗筷,痛饮一场。

当然,更多的时候,我会一个人躺靠在吊椅上,一边晃荡,一边津津有味地读着《南华经》《道德经》和《太上感应篇》,有时也用二胡,拉奏一曲阿炳的《江河水》。原有的南窗书房,除了藏书和打字,再懒得待了!

噢,对啦,还有别院,"元芳,你怎么看?"

本世纪初,二哥看上了溧水县城永阳镇的广城名城楼盘,一套37平方米单间房,总价两万多。当时房价低得如同买白菜,我记得真切,朋友贾小牛买江宁武夷花园楼盘才1080元一平方米,还赠

可以调素琴，阅金经

送阁楼。二哥鼓动我也买一套。

"你借我两万块，让我带着还如何？"我一介寒士，一下子实在拿不出"嘎许多"钱。

"好吧！"二哥内心挣扎了一下，决意抱团取暖，助我购房。他那时已是省水利系统教授级高工，工资与职称挂钩，是我月薪的好几倍！

说是"在城镇"（县府所在地），其实田园风光毫不逊色，特别是近旁的溧水县高级中学一带，春天里金灿灿的油菜花广袤无边。往西五里旱路，就是胭脂河天生桥景区，开车只要几分钟。新房交付后，也没空管，三文不值二文地出租掉了。

风雨过后彩云飞

"我胡汉三又回来了!"退休后,一次看老电影《闪闪的红星》,听到这经典台词,内心一动:闲着也是闲着,南边的房子该收回打理了吧?也许一直怀抱"别院"情结,来年便不再续租,自个儿又重新装饰一下,配上简朴素雅的家具和基本家电,床饰、窗帘桃红柳绿的像新房,于是每月携妪将雏(老婆和孙女)去住天把天,特别钟情于洪蓝街上芮记手抓鸡,贼嫩、白寥寥的整只鸡,撕块用酱油蘸食,端的是佐酒上品!

"好吃,好吃!"一向减肥、不茹腥荤的老婆,也大碗筛酒、大块吃肉起来。

"满上,满上!"我啃着鸡腿,嚷嚷着倒酒。

"干杯,干杯!"孙女11稚声稚气,已喝五罐蓝莓汁了,小手还不放开。

有时我也单溜,一人捎上渔具自驾去小住,头天晚上在天生桥农家买点竹笋、菌菇、枸杞头、母鸡头什么的,在"别院"里品品山珍野味,读读书报,第二天清晨便驶向中山水库钓鱼。混养塘,好钓,但鱼儿都不大,收竿后在水库管理所餐厅扒两碗米饭,就回别院小憩。晚上支起炉灶红烧个杂鱼,炖个腌菜豆腐,造一份辣子醒酒汤:把昂刺鱼煎透氽汤,浇上米醋和一弯红椒油,透鲜!别院虽小,藏酒多多,自斟自饮,念念有词:吃了咸菜滚豆腐,皇帝佬儿不如吾。

呵呵,别院快活正当时!

今朝放荡思无涯

"兄台一向可好？"我当胸抱拳，向陈兄打招呼，其实每周都见面，这不过是"一日不见，如隔三秋"的潜台词而已。

老哥情商也不低："每次爬山都碰上你，真让人开心。"他原是质监集团领导，退休后跟我一样，周末爬紫金山，且时间重叠，多在天文台前一个山弯弯遭遇。

"下午，准时！"我做了个"甩牌"的姿势。

"嗯呐。"他是镇江人，跟我老家一江之隔。他挥挥手，我下山，他往上，一切尽在不言中。

退休本无事，缘何休闲在周末？这里头有个说道：都是做祖辈的人了，工作日不是"张老三"带孙女，就是"王老七"看外孙，很难凑一块儿，好在周末儿子、儿媳都休息，"爷爷们"便趁机动如脱兔，约齐了开心一聚。我呢，习惯一早骑个电动车，风驰电掣驶出太平门，沿盘山公路行驶，沐着晨风，野花草木香扑鼻而来，畅快！

在"龙脖子"索道站拴好"坐骑"，徒步登山，到天文台已双膝酸软、大汗淋漓。歇会儿，环顾四周：有带孩子的小夫妻做"亲子游"，有大妈们纵情合唱，有健儿骑车奋力前行，有棉花糖、糖葫芦的小摊贩在叫卖……山上的烟火气咋也这么浓？我沿山路漫步而下，曾国藩说过，劳作而后憩息乃一大乐也，我算是切身体会到了，下山是"心情步履两轻快"，想的最多的是对未来生活的美好期冀，纵然老夫已年过花甲。

山下有一系列项目在恭候"尊驾"：清凌凌的白马湖边搓个毛巾擦拭身子，清爽之至；以水当镜正衣冠，理发型；虔诚地到佛心桥瞻仰一下香林寺，这是曹雪芹家庙，吃写作饭的人，不拜曹翁，何以为文？当然，蘸着灵感的古黄金树嫩叶是要捎带一把回去的。这时，已近晌午，到月牙湖夏记小馆饱餐一顿，这里的菜品比很多大酒店都可口，尤其是红焖黄牛骨、鱼头烧鱼泡。说来也怪，在职时我从不一人吃馆子，这会儿入乡随俗，感觉挺好的哇。

饭后到家稍事休整，下午三时又笃定坐在棋牌室"掼蛋"了，呶呶，上午爬山的那位陈老兄，这会儿就坐在我的下手，我把牌"扣"得死死的，他一张也套不出去，恨得眼珠直翻，再也不说"碰上我开心"之类的话了。

"你一把垃圾牌留着，等下游吧！"陈老哥恨恨地嘟哝。

"有你陪着呢！至少我对家能胜出，上游硬道理嘛。"我调侃道，得意的一如欣赏猎物的狩猎者。别说，上游的总是我的对家或上家，牌局呈胶着状态，有一次"扛旗"（打 A），我们双方都"扛"了十二把，已过酉时，早已万家灯火了，胜败还未揭晓。

晚上的席面，依旧吃得轻松而欢畅。上年纪的人了，白红黄水酒，随意；鱼肉菜瓜果，自便；畅谈既往，还是免不了滋生几缕"锦瑟无端五十弦，一弦一柱思华年"的沧桑情怀——无情未必真豪杰嘛！

双休日还有一天做啥呢？在台城泳池里兴风作浪。以南京之大，市内泳池遍布，可我偏爱昂贵的台池（票价比五台池贵一倍），是适应了它的水质，抑或是"面善"的泳友？闹不清，反正就在昨个晚上，我游过后跟一帮熟人逛城墙来着，波光潋滟的玄武湖、郁郁葱葱的九华山、温情荡漾的东风、来来往往的游人……我情不自禁地掉起了书袋子,大声吟诵道:"暮春者,春服既成,冠者五六人,童子六七人,浴乎沂,风乎舞雩,咏而归……"